© 영화 〈태양계〉 사진 제공

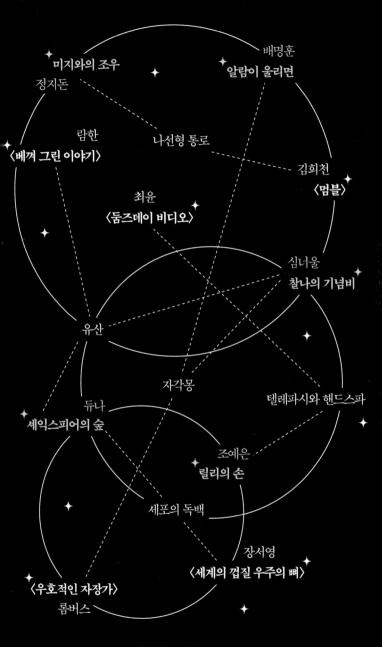

미지와의 조우
정지돈

배명훈
알람이 울리면

람한
〈베껴 그린 이야기〉

나선형 통로

김희천
〈멈블〉

최윤
〈둠즈데이 비디오〉

심녀울
찰나의 기념비

유산

자각몽

텔레파시와 핸드스파

듀나
셰익스피어의 숲

조예은
릴리의 손

세포의 독백

장서영
〈세계의 껍질 우주의 뼈〉

〈우호적인 자장가〉
롬버스

SF2021 판타지 오디세이

세 개의 달

그리고 이제 습습 공간이 경직되어 갑니다.

The space now grows more and more rigid

© 강서빈, 〈세계의 점립 우주의 빼〉

껍질이 더 이상 이 우주를 수용할 수 없을 때 일어날 탈피와

the molting that occurs when the shell can no longer contain the universe.

The contents of the pipes drink up the fluids that is leaked from the dead cells.

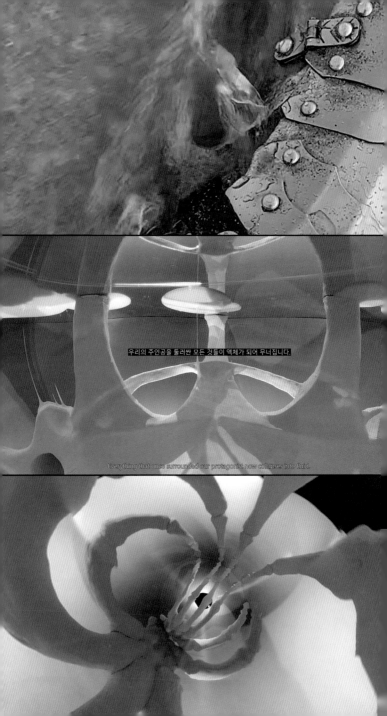

우리의 주인공을 둘러싼 모든 것들이 액체가 되어 무너집니다.

Everything that once surrounded our protagonist now collapses into fluid.

애초에 개는 그렇게 만들어졌고, 세상은 이미 끝난 것을.

That's how it was made in the first place, and the world has already ended.

암세포 입장에서는, 자기가 세계의 종말을 초래했다는 자각이 있을까요?

Is the cancer cell aware that it brought about the end of its own world?

© 강신영 〈세계의 검은 우주의 끝에〉

Feeling alright?

잘 지내?

웃겨

Funny

Can we escape from the loop?

우리가 이 순환에서 벗어날 수 있어?

물은 어디로든 가고 어디로든 흐르지

Water goes and flows everywhere

The healing of the world will go on,

치유의 세계는 계속될 거야,

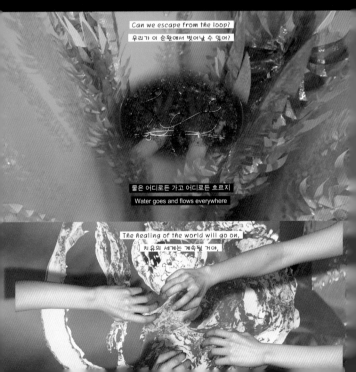

물을 건너온다 ~
Coming across the water ~

끈 ~
String ~

손을 잡아 무얼 하오
Connect hands for what?

ⓒ 최윤, 〈뭄즈데이 비디오〉

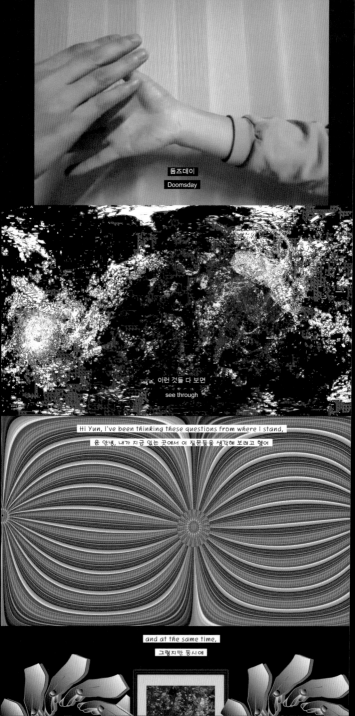

둠즈데이
Doomsday

이런 것들 다 보면
see through

Hi Yun, I've been thinking these questions from where I stand,
윤 안녕, 내가 지금 있는 곳에서 이 질문들을 생각해 보려고 했어

and at the same time,
그렇지만 동시에

Och när hon har levat
그리고 그가 살았을 때
And when he has lived

А вируса как не было,
그러나 바이러스 따위는 없다
But there was no virus

silence the different and the disobedient
그들을 기억하자

Hay Cadáveres
여기 송장이 있다
There are Corpses

ⓒ 최한, 〈둥그레이 미디어〉

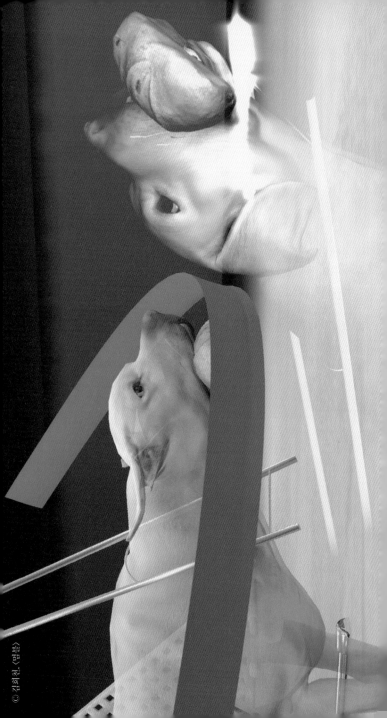

© 김희천, 〈램프〉

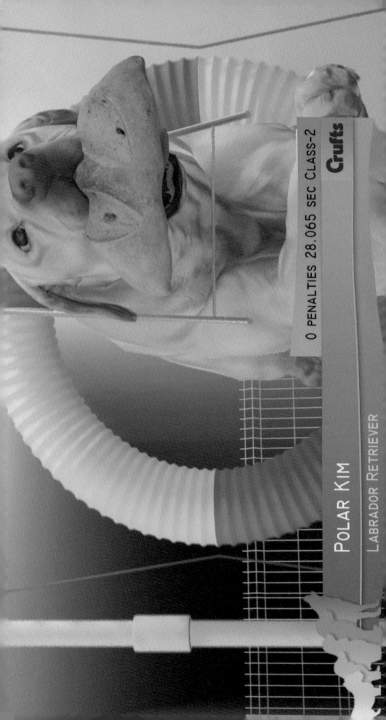

POLAR KIM

LABRADOR RETRIEVER

0 PENALTIES 28.065 SEC CLASS-2

Crufts

REPLAY

0 PENALTIES 21.871 SEC CLASS-1

POLAR KIM

LABRADOR RETRIEVER

Crufts

POLAR KIM

LABRADOR RETRIEVER

Crufts

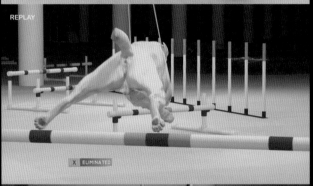

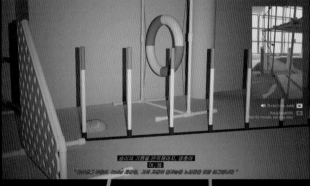

ⓒ 김희원, 〈엄붐〉

© 톰버스, 〈우호적인 자장가〉

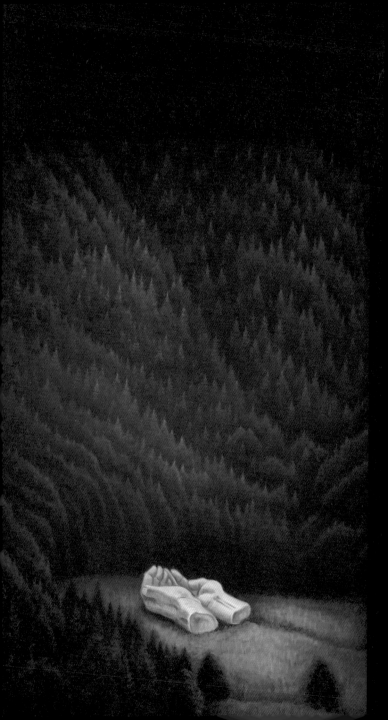

SF2021 판타지 오디세이

세 개의 달

SF2021 판타지 오디세이

세 개의 달

듀나
심너울
정지돈
조예은
배명훈

《세 개의 달》은 서울시립 북서울미술관의 기획전시 〈SF2021: 판타지 오디세이〉와 연계하여 기획된 소설집이다. 여덟 점의 시각 작품에서 뽑은 단어 — 나선형 통로, 뉴토피아, 민들레의 춤, 세 개의 달, 세포의 독백, 유산, 자각몽, 텔레파시와 핸드스파 — 를 다섯 명의 소설가에게 제시했고, 소설가는 하나 또는 두 개의 단어를 골라 소설을 만들었다. 단어는 미술 작품에서도, 소설 작품에서도 작품의 핵심 주제에 해당하지 않는다. 대신 미술과 소설을 이어주는 연결 고리로 작동한다.

우리는 미술의 세계와 문학의 세계가 느슨하게 연결되기를, 인과적이기보다는 우연적으로 만나기를 바랐다. 현실의 관습이 깨지고 새로운 규칙이 창조되는 SF의 세계처럼 그 둘의 만남이 낯설고 이례적인 새로운 법칙을 만들어내길 기대했다. 그리고 바로 당신이 이미지와 텍스트를 보고 읽고 경험함으로써 두 세계를 이어주는 여행자가 되어주기를 기다리고 있다.

권정현

차례

셰익스피어의 숲

듀나

세포의 독백 ✦ 유산

1

제가 막 만든 행성을 한번 보시겠어요?

이름은 새솔-5라고 합니다. 1년은 402.3일, 하루는 25.2시간. 지름이 지구의 106퍼센트이지만 표면중력은 92퍼센트. 다섯 개의 대륙이 표면의 81퍼센트를 차지합니다. 산소 비율은 23퍼센트. 그러니까 꾸준히 산소를 만들어내는 메커니즘, 곧장 말해 광합성 하는 식물이 있습니다. 지구보다 날씨가 변덕스럽고 아마도 평균 기온은 조금 낮겠지만 그래도 지구인들이 살기 좋은 곳입니다. 맞아요. 〈스타워즈〉에 나오는 지구스러운 행성 중 하나 같지요.

셰익스피어의 숲

이곳에는 지금 백만 명이 조금 넘는 지구인들이 살고 있어요. 모두 뉴질랜드 남섬보다 조금 작은 남반부의 큰솔섬에 모여 있지요. 행성 이름에서 알 수 있듯, 이 행성을 처음 찾고 인구의 80퍼센트 이상을 차지하는 사람들은 한국어 사용자들입니다. 그 뒤에 네 개의 언어권 사람들이 찾아와 각각의 도시를 건설하고 있지요. 한국어를 쓰는 사람들이 사는 도시는 찬솔입니다. 새솔, 큰솔, 찬솔이라는 이름은 구글에서 '순우리말 이름'을 검색해서 찾았어요. 새솔은 개척 행성 이름으로 썩 그럴싸하지 않나요?

이제 제가 만든 우주도 소개할게요. 제가 몇 개월 전 〈찢어진 종잇조각의 신〉이라는 단편을 쓸 때 잽싸게 만든 곳입니다. 전 이곳에 '거미줄 우주'라는 이름을 붙였어요. 기술 문명이 끌개라는 기계를 만들면 그 끌개는 전 우주에 있는 모든 끌개와 연결됩니다. 이곳에서는 거리가 아무 의미가 없어요. 오로지 위상기하학적인 구조만이 중요하지요. 거미줄 우주의 지도는 지하철 노선도와 비슷하게 생겼고 외부 우주 공간의 지도와는 모양이 완전히 다릅니다. 새솔 항성계

듀나

는 우주에서 측정하면 73억 광년 떨어진 곳에 있어요. 하지만 거미줄 그늘 안에서는 겨우 여든세 정거장으로 아주 가까워요. 우리 은하계의 항성계 중에도 더 멀리 가야 하는 곳이 있습니다.

당연히 끌개는 알려진 물리법칙과 아무 상관이 없습니다. 이야기를 위해 그냥 만든 거예요.

이런 우주 문명은 어떤 곳일까요? 전 좀 우울한 곳으로 설정했습니다. 이미 밝혀낼 수 있는 모든 물리법칙은 밝혀졌습니다. 과학자가 할 일이 팍 줄었지요. 수십 억의 지적 문명과 이웃하고 있으니 자기 문명의 특별함은 하찮게 느껴집니다. 할 수 있는 게 별로 없어요. 우주 전체에 미켈란젤로 안토니오니스러운 권태가 감돕니다. 여기선 권태 대신 불어 단어 앙뉘ennui를 써주어야 할 거 같아요.

그래도 이 권태를 극복하기 위해 최선을 다하는 문명이 있습니다. 젊은 문명들은 그래도 뭔가를 하려고 합니다. 겨우 150년 전에 끌개를 발명한 지구 문명도 이들 중 하나지요. 이들은 끌개를 통해 다른 행성들에 진출합니다. 이들 대부분은 인근 항성계의 문명이

셰익스피어의 숲

쏘아 올린 아광속 우주선이 보낸 끌개가 궤도를 돌고 있는 곳이지요. 끌개를 보낸 문명이 행성 개척에 관심을 잃거나 소멸한 경우, 지구인들이 그 빈자리를 차지할 수 있었습니다. 뭔가 새로운 걸 할 수 있다고 믿으면서요.

하지만 그런 일은 일어나지 않습니다. 사람들은 비슷비슷하고 이들이 만드는 도시도 비슷비슷합니다. 이들은 우주 여기저기에 공을 들여 자급자족이 가능하고 밤에는 마천루가 빛나는 도시를 만들고 있지요. 하지만 그 다음에는? 과거를 곱씹고 일상을 반복하는 것 말고 무엇이 가능하지요? 거미줄 우주의 문명들이 하나씩 스러져 가는 것도 이상하지 않습니다. 할 일이 없어요.

전에 저는 〈대리전〉이라는 이야기에서 (처음엔 단편을, 다음에 이를 확장시킨 장편을 썼어요) 비슷한 우주를 만든 적 있어요. 단지 이 우주 속 문명은 앤서블 통신망을 통해서만 연결되었고 다른 행성을 물리적으로 침략할 수 없었지요. 그리고 그 세계의 지적 생명체들은 갑자기 각 문명을 찾아오는 소멸을 두려워하고 있었습니다. 이번 우주를 만들면서 전 그 부분을 뺐어요. 어떤 문명은 다음 단계로 도약하고 어떤 문명은 지루함에 몸부림치며 소멸하지만 그 어느 것도 특별하지 않은 세계인 것이지요. 전 이게 더 논리적인 것 같습니다. 문명의 진보, 발전, 확장은 우리의 짧은 경험에 바탕을 두고 있지요. 이게 언제까지 지속된다는 근거는 없습니다. 모든 것이 이미 이루어졌고 새로 할 일이 없다면 우리가 굳이 존재해야 할 이유가 무엇인가요. 그냥요? 하긴 그것도 답일 수 있겠군요.

2

이제 이야기를 만들 차례입니다.

이 이야기의 기반이 된 아이디어는 만든 지 좀 되었습니다. 정확한 날짜도 기억해요. 2019년 11월 24일. 고려대학교 화정체육관에서 레드벨벳 콘서트 〈라 루즈La Rouge〉의 두 번째 공연이 있었던 날입니다. 마를레네 디트리히처럼 턱시도를 차려 입은 웬디가 〈라이트 미 업Light Me Up〉의 중반부터 'Ooh boy come and light me up'을 'Ooh girl come and light me up'으로 고쳐 불렀고 그때마다 관객들이 환호성을 질러댔던. 그리고 행복한 마음으로 공연장을 떠나던 관객들이 폰으로 인터넷을 검색하다 카라의 전 멤버 구하라의 사망 소식을 접하게 되었던. 다이나믹하기 짝이 없는 케이팝 세계의 어느 날이었습니다. 좋은 의미로 다이나믹했다면 좋았을 텐데.

공연이 끝나고 화정체육관에서 나와 안암역으로 이어지는 내리막길을 걷고 있던 저는 (정확히 해야 할 것. 여기서 '저'는 허구의 인물입니다. 아무리 제가 제목 밑에 이름이 나온 저자와 비슷하게 굴어도 여러분이 지금 읽고 있는 글이 소설이라는 사실은 바뀌지 않으니까요.) 바로 몇 십 분 전까지 제 눈앞에서 펼쳐졌던 파스텔 빛 아이돌 이미지와 사운드의 향연과 얼마 전까지 비슷한 이미지의 주체였지만 현실 세계의 끔찍함 속에서 사라져 간 자연인에 대해 생각했습니다. 그때 이런 생각이 떠올랐어요. 우리가 삶 속에서 느끼는 고통과 기쁨은 그 자체로는 기억되지 않는다고요. 우리는 이들을 주

16

듀나

제와 소재로 삼은 글과 기타 창작물을 통해서만 이야기를 접하고 우리의 경험과 이를 통해 구축된 상상력을 통해서만 그 이야기를 이해합니다. 사람들이 죽으면서 경험과 기억은 화석화되고 그들은 거대한 도서관의 숲을 이룹니다. 그리고 그 숲에서 우리에게 실제 사람들의 경험을 보다 정확하게 전달해주는 건 꼭 사실에서 기원한 것이 아닐지도 모릅니다.

처음에는 직설적인 아이디어가 떠올랐습니다. 연예인의 표면적인 이미지와 자연인의 대립. 시간이 그에 끼치는 영향. 그렇다고 정말 아이돌 이야기를 쓰려고 한 건 아니고 거기서 영감을 얻은 SF적인 세계의 이야기를 쓰려 했지요. 이건 아직 작업 중입니다. 하지만 그러는 동안 즉석으로 끌어낸 화석 숲이라는 단어와 심상이 제 발목을 잡았습니다. 베티 데이비스와 레슬리 하워드가 나오는 우울한 영화 〈화석 숲〉에 대한 기억 때문에 그랬을지도 몰라요. 하여간 이걸 가지고 뭔가 할 수 있을 거 같았습니다.

자, 이를 갖고 이야기를 진행시켜 보기로 하겠습니다. 일단 주인공을 만들어야겠어요. 전 연수라는 이름의 열다섯 살 여자아이를 만들었습니다. 열다섯 살은 지구 나이예요. 만이고요. 그때쯤이면 한국어권 사람들도 만 나이를 쓰고 있지 않을까요. 전 평생을 이 나라에서만 살았지만 여전히 한국 나이엔 적응하지 못했습니다. 하여간 연수는 고아이고 새솔에 온 지 얼마 되지 않았습니다. 어쩌다 보니 지구에서 감당하기가 조금 까다로워진 아이들이 순전히 관리 편의성 때문에 우주 여기저기 개척지로 흩어지는 일들이 있는데, 연수도 그렇게 된 것이지요.

저에겐 이게 표준적인 '모험의 시작'입니다. 주인공인 여자아이가 덜컹거리는 탈것을 타고 가다 낯선 곳에 내리는 거요. 《비밀의 화원》, 《소공녀》, 《빨간 머리 앤》이 다 그랬어요. 주인공이 조금 나이를 먹으면 《제인 에어》, 《레베카》 등등이 있고. 전 SF를 쓰고 있으니 연수는 마차나 자동차가 아닌, 우주선을 타고 새솔로 내려옵니다. 전 이 그림을 전에도 그렸고 이게 마지막도 아닐 거예요. 그리고 저에게 청소년 주인공은 실제 청소년을 재현하려는 욕망이나 의무와 아무 상관이 없습니다. 청소년 시절에도 현실적인 청소년 캐릭터를 원했던 적은 한 번도 없었어요. 늘 저보다 영리하고 용감하고 무엇보다 빈 시간이 많아서 저에게 허용되지 않는 모험을 하는 아이들을 원했어요.

전 연수가 어떻게 생겼는지 모르겠습니다. 이 아이에게 의도적으로 어떤 개성이나 매력을 주고 싶은 생각도 없어요. 전 오로지 생각과 행동을 심어주기 위해 연수가 필요합니다. 캐릭터의 매력이 가장 중요하다고 생각하는 사람이 많다는 걸 알고 저도 매력적인 캐릭터를 소비하지 않는 건 아닌데요. 그래도 전 제가 쓰는 캐릭터에 일부러 매력을 넣어줄 생각은 없어요. 매력적인 무언가를 만들거나 매력적이 되려 노력하는 것. 저에겐 이게 피곤한 노동입니다. 모르는 사람들 앞에서 애교를 떠는 거 같달까요. 아직까지는 제가 쓰고 싶은 대로 써도 일감이 들어오니까 억지로 캐릭터에게 여분의 노동을 시켜 독자의 호감을 얻을 생각은 없어요. 심지어 전 가끔 캐릭터 없는 이야기를 상상하기도 합니다. 가능할 것 같진 않지만 그래도 원하긴 해요.

셰익스피어의 숲

고아라고 하니까 처량하게 들리는데, 제가 만든 세계에서 이는 그냥 가족에 속해 있지 않은 아이라는 뜻 이상도 이하도 아니에요. 가족 안에서 태어나는 아이들은 이제 그렇게까지 절대 다수가 아닙니다. 수많은 아이들이 인구를 유지하거나 늘리기 위해 생산됩니다. 그리고 이런 아이들이 안정적인 삶을 살면서 성장할 수 있는 환경도 조성되어 있지요. 우주 진출이 시작되면서 이들은 점점 늘어났습니다.

새솔에 도착한 연수는 도시 주변에 있는 작은 마을에 자리를 잡습니다. 이곳은 일종의 교육 커뮤니티라고 할 수 있어요. 아이들에게 최선의 성장 조건을 마련해주기 위해 디자인된 곳이지요. 아이들은 어떤 상황에서라도 문제를 일으키기 때문에 당연히 완벽할 수는 없지만, 그래도 우리가 사는 세상의 추악함과 저열함에서는 어느 정도 벗어난 곳입니다. 이 정도의 도피도 할 수 없다면 제가 왜 이 장르의 글을 쓰겠어요. 도피는 저에게 가장 중요한 작업 동기입니다. 저는 과거로 도피할 수 없기 때문에 미래로 달아날 수밖에 없어요. 아무리 우리가 기후변화, 대멸종, 약자

20

듀나

혐오, 극단적인 빈부격차 그리고 총체적인 저열함을 향해 달려가는 것처럼 보인다고 해도 저에겐 향수로 미화된 과거는 탈출구가 아닙니다. 미래밖엔 대안이 없어요.

전 연수의 일상을 최대한 평범하게 그릴 겁니다. 학교도 다니고 친구도 사귀고. 학교는 우리가 아는 곳과 크게 다르지 않습니다. 그 정도 미래라면 학교보다 훨씬 좋은 교육 시스템이 나왔을 수도 있고 학교가 남아 있어도 지금과 완전히 다른 모양이겠지만 그래도 독자와의 접점이 중요하니까요. 앞부분에서는 평범한 세계의 안정감이 꼭 필요합니다. 주인공이 그걸 즐기지 않는다고 해도요.

그래도 다른 행성의 낯선 기운이 슬슬 이야기에 침범합니다. 가장 눈에 뜨이는 건 머핀이라고 불리는 외계인의 존재입니다. 다만 이 세계에서는 외계인이라는 단어는 쓰이지 않아요. 이건 지구 중심적인 표현인데 지구는 기준점으로 아무 의미가 없으니까요. 이들은 그냥 다른 종족이라고 불립니다.

외계인을 그리는 건 좀 지겨운 일입니다. 낯선 육

체를 만들고, 낯선 사고방식을 만들고, 낯선 언어를 만들고. 쓰다 보면 아무리 새롭게 하려고 해도 진부한 표현과 장치를 가져오게 돼요. 예를 들어 이런 거요. "이들의 언어는 인간의 귀로는 제대로 들을 수 없고…." "이들의 사고방식은 인간의 두뇌로는 온전히 이해할 수 없고…." 당연한 설정이지만 그래도 비슷한 설명을 종류만 바꾸어서 하다 보면 지치게 됩니다. 그래도 안 하면 안 되지요.

머핀의 고향별은 이곳에서 12억 광년 떨어진 곳에 있습니다. 거미줄 우주식으로 계산하면 다섯 정거장 떨어져 있고요. 새솔 항성계의 머핀들은 대부분 새솔 항성에서 가장 가까운 새솔-1에서 살아요. 공기도 없고 엄청 뜨거운, 지구의 달보다 두 배 정도 큰 곳입니다. 지옥처럼 상상되겠지만 그렇지 않아요. 충분히 과학기술이 발전한 문명에게 골디락스 존의 온화한 기후는 큰 의미가 없습니다. 에너지와 자원이 얼마나 충분한가가 더 중요하지요. 머핀에게 통제하기 어려운 자연환경은 별다른 장점이 없습니다. 그건 과학기술을 발전시킬 만큼 진화할 때까지만 필요하지요.

듀나

그래도 새솔-1이 개발되기 전에는 많은 머핀이 이 행성에 살았고 큰솔섬 여기저기엔 그 시절의 유적이 있습니다. 가장 큰 유적은 찬솔시 근방에 있습니다. 연수가 살고 있는 마을에서 한 2킬로미터 정도 걸으면 나와요. 머핀들은 이를 보존하는 게 그렇게까지 큰 의미가 있다고 생각하지 않기 때문에 그곳은 그냥 폐허입니다. 새솔-5의 머핀들은 대부분 찬솔시 중심가의 아파트에 살아요.

머핀은 짧은 황갈색 털이 온몸에 나 있는 동그랗게 생긴 종족입니다. 단지 이름처럼 귀엽게 보이지는 않아요. 아무래도 대칭성의 차이 때문이겠죠. 이들은 다리도 세 개, 손가락 세 개가 달린 팔도 세 개 그리고 눈도, 코와 입의 구실을 하는 눈 밑의 동그란 구멍도 세 개입니다. 이들이 모두 120도 간격을 두고 배치되어 있어요. 그러니까 이들에겐 앞뒤가 없습니다. 이런 신체구조가 얼마나 설득력 있는지는 모르겠습니다. 전 그냥 최소한의 형용사로 낯선 외계 종족의 외양을 묘사하려고 이 디자인을 짰어요.

연수가 사는 마을을 종종 찾는 머핀이 한 명 있습

셰익스피어의 숲

니다. 사람들은 이 머핀을 누렁이 이모라고 부릅니다. 누렁이라는 별명은 머핀 자신이 붙였습니다. 이모라고 불리는 이유는 대부분 머핀은 지구인보다 나이가 많으며 이 머핀은 유별나게 지구인 친척 아줌마처럼 말하고 행동하기 때문입니다. 당연한 말이지만 이를 있는 그대로 받아들이면 곤란합니다. 머핀들은 정확한 의사소통을 위해 지구인의 말투와 사고방식까지 모방하기 때문입니다. 음, 전 이 이야기도 전에 다른 소설에서 한 번 이상 했습니다. 그리고 앞으로도 더 할 거예요.

누렁이 이모의 직책은 문화교류관입니다. 두 종족이 같은 항성계를 나누어 쓰고 있으니 서로에 대해 어느 정도 알아야겠지요. 누렁이 이모는 찬별의 학교에서 가르치는 머핀의 역사책을 썼고 머핀 음악을 가르칩니다. 참, 머핀에게 독창은 지구인들에게 삼중창입니다. 세 개의 입을 가진 종족이 그 장점을 활용하지 않을 리가 없지요. 이 신체 구조는 당연히 이들의 언어와 사고방식에도 영향을 끼치겠고. 여기에 대해 상상하는 건 재미있는 일이겠지만 지금은 건너뛰렵

●●

니다.

　학교를 다니는 동안, 연수는 새솔 행성 생태계의
특이한 점을 알게 됩니다. 이 세계에는 기억의 조각
을 훔치는 미생물이 있습니다. 편의상 기억도둑이라
고 부르겠습니다. 원래는 이 행성에서 진화한 종이
아닌데, 여기서 지나칠 정도로 잘 적응했어요. 그리
고 이곳 생물들은 몇천만 년 전부터 생존을 위해 이
를 이용하기 시작했습니다. 후손의 생존을 위해 자신
의 기억을 선별해 물려주고, 천적의 기억을 약탈해
대비하기도 하고. 네, 맞아요. 전에 전 비슷한 생명체
가 나오는 단편을 쓴 적 있습니다. 〈추억충〉이라고요.
하지만 읽으셨더라도 잠시 잊으세요. 이번엔 좀 다른
이야기를 할 거예요.

　이들 대부분은 지구인들에게 큰 영향을 끼치지 않
습니다. 이 행성의 동물들은 지구 생물과 다른 식으
로 사고하고 기억하니까요. 지구인들을 모두 이 미
생물에 감염되어 있지만 아직 지구인들의 기억은 떠
돌지 않아요. 하지만 머핀들은 훨씬 오랜 기간 동안
새솔-5에 살았고 기억도둑들은 그들에 적응했습니

25

다. 그리고 머핀들을 따라 새솔-1로 갔지요. 기억도둑에 감염된 새솔-1의 머핀 문화는 고향 행성의 머핀 문화와 당연히 다릅니다. 기억도둑은 편리할 정도로 똑똑한 미생물입니다. 당연하지요. 설정을 위해 제가 그렇게 만들었으니까요. 하지만 누가 알겠어요. 몇억 종의 지적 생명체가 보글보글한 우주이니, 오래전에 어떤 종족이 의도적으로 그렇게 디자인한 종일지도요. 저라고 제가 만든 우주에 대해 다 아는 건 아니에요.

새솔-1에서도 재미있는 일이 일어나고 있겠지만 저는 새솔-5의 이야기만 하겠습니다. 머핀들은 오래전에 새솔-5를 떠났지만 아직도 기억도둑은 옛 머핀들의 기억을 간직하고 있습니다. 그리고 이들은 큰솔섬에 사는 수많은 동물의 행동에 영향을 끼쳤습니다. 큰솔섬의 숲에 들어가면 거기 사는 짐승들이 머핀 고전 노래들을 조각조각 쪼개 부르는 걸 들을 수 있습니다.

사람들은 그 숲에 '셰익스피어의 숲'이라는 이름을 붙였습니다. 그러니까 지구 생태계와 문화에 대입한다면, 숲에 둥지를 튼 까치나 비둘기가 "질투는 초록 눈을 한 괴물", "그 늙은이에게 피가 그렇게 많을 거라고 누가 생각을 했을까" 같은 대사를 읊으며 날아다닌다고 상상하시면 되겠어요. 단지 머핀 문명을 이루는 욕망과 감정의 상당 부분이 지구인과 겹치지 않기 때문에 위의 예시처럼 확 와닿지는 못하지요. 머핀 음악과는 달리, 머핀 문학은 지구인에겐 낯설고 어색하고 지루합니다. 음악은 지구인들에게 꽤 인기 있는 편이지만, 그래도 머핀들과 같은 방식으로 즐기지는 않을 거예요. 두 종 사이에는 온전한 번역을 막는 무언가가 있습니다. 그리고 그건 거미줄 우주에선 그냥 당연한 것이지요. 다들 그러려니 하고 삽니다.

그러니까 이렇게 돼요. 새솔-5에 사는 토착종의 기억은 대부분 중성미자처럼 지구인의 뇌를 뚫고 지나갑니다. 하지만 뇌 구조가 지구인들과 어느 정도 가까운 머핀들의 기억은 아주 드물게 읽힐 때가 있어요. 토착종들은 같은 정보를 보다 더 쉽게 읽을 수 있지만 이 행성엔 지적 생명체가 없지요. 그 때문에 불필요한 해석의 방해 없이 옛 기억이 더 잘 보존되는 환경이 유지된 것이지만. 그러니까 셰익스피어의 숲에서 아주 열심히 노력을 하면 몇 백, 몇 천 년 전에 죽은 머핀의 유령을 만날 수도 있어요.

앞에서도 말했지만, 머핀들은 셰익스피어의 숲에 대해 별다른 고고학적인 관심을 보이지 않아요. 이들은 이미 자기네 과거 역사에 대한 정확한 데이터베이스를 갖고 있기 때문에 굳이 진실 여부를 확인할 수 없는 흐릿한 정보를 통해 과거를 다시 읽을 필요가 없지요. 그리고 이미 이들은 기억도둑과 새솔-5의 생태계에 대해 알 만큼 알고 있기 때문에 굳이 더 연구를 할 생각도 없어요. 지구인들도 이들에 대해 더 잘 알고 싶다면 그냥 머핀들의 연구 보고서를 읽으면 됩니다. 문학과는 달리 학술 보고서는 정보 누수 없이 거의 완벽하게 이해될 수 있으니까요.

이런 환경 속에서 무엇이 생겨날 수 있을까요? 맞아요. 아이들 사이에서 강신술 유행이 돌고 있어요. 위지보드와 분신사바가 발굴되고 새로운 장치들과 의식들이 만들어집니다. 아이들이 한밤중에 숲에 모여서 죽은 머핀들의 유령을 불러오는 의식을 벌이는

듀나

거예요. 찬솔시의 역사에는 지구 달력으로 80년 동안 쌓인 온갖 괴담이 떠돌아요. 전 이 정도로 과학지식이 발전한 곳이라면 괴담과 같은 가짜 정보는 쉽게 걸러낼 수 있는 시스템이 갖추어져 있을 거라고, 아니, 반드시 갖추어져야 한다고 생각하지만, 이 이야기에서는 그럭저럭 넘어갑니다. 그래야 분위기가 더 잘 잡히니까요. 그리고 여러분은 이 세계가 우리가 사는 곳보다 더 안전한 곳이라는 사실을 짐작하실 수 있을 거예요. 중학생 나이의 아이들이 한밤중 숲 속을 돌아다녀도 그러려니 하는 곳이지요.

3

2만 자 정도를 생각하고 글을 쓰고 있는데 벌써 9천 자를 넘겼어요. 그런데 주인공 연수는 어디서 뭐하고 있는 거지요?

설정집 문제예요. SF나 판타지처럼 낯선 세계를 배경으로 하는 장르에서는 이 문제를 해결해야 합니다.

무대가 되는 세계를 소개해야 하는데, 이게 설정집이 되어서는 안 돼요. 적어도 설정집이 원고의 절반을 차지해서는 안 되지요.

이를 해결하는 방법은 많습니다. 제가 정공법으로 이 이야기를 풀었다면 연수는 처음부터 등장했을 것이고 단 한 번도 이야기에서 떠나지 않았을 거예요. 그동안 이 모든 설정 정보들을 수집하는 역할을 했겠고 그게 연수의 드라마였겠지요. 막 낯선 곳에 이사온 청소년, 아니, 그냥 청소년 캐릭터는 여기서 참 편리해요. 세상을 이해하는 것이 그 아이의 당연한 삶의 일부거든요. 아무래도 어른이 되면 여기에 게을러지지요. 이게 완전히 멈추는 순간 늙은이가 되는 거고. SNS 때문인지, 요샌 너무 빨리 늙는 사람들이 많이 보이는데, SNS가 사람을 바꾸었다기보다는 그런 사람들이 더 쉽게 폭로되고, 이들이 더 쉽게 연결되어 세를 갖추는 세상이 된 것이겠죠. 하지만 여기에 대해 길게 이야기할 필요는 없을 거 같고. 어차피 연수는 문학적 도구로서 존재하는 아이니까 현실 세계와의 연관성에 대해 그렇게 고민할 필요는 없어요.

듀나

전 이런 경우라면 이야기를 중간부터 시작합니다. 독자를 일단 낯선 세계에 던지고 보는 거죠. 이 이야기처럼 외계 행성의 개척지가 배경인 〈바쁜 꿀벌들의 나라〉에서는 배경이 되는 곳이 한국의 도시인 것처럼 무심하게 시작했다가 첫 번째 챕터 끝에 외계 행성이라는 정보를 풀었어요. 그 이야기도 여자아이로 시작했었는데. 주인공은 아니었지만요.

전 한밤중 강신술로 시작하고 싶어요. 우선 낯선 외계 행성의 숲을 묘사해요. 낯선 모양의 낯선 나무들 사이로 낯선 동물들이 날아다니고 하늘에는 낯선 별들이 떠 있어요. 이 경우는 위성의 묘사가 도움이 됩니다. 새로운 별자리를 만드는 방법도 있지만 효과는 떨어져요. 달이 두 개 이상 있으면 확실하게 다른 항성계의 다른 행성이지요.

묘사가 쌓이면 강신술을 하고 있는 다섯 명의 여자아이를 그릴 거예요. 생각해 보니 분신사바니 위지보드와는 완전히 다른 의식을 만들어야 할 거 같아요. 전 일단 아이들이 앉아 있는 대신 움직이길 바라요. 무용처럼 보였으면 좋겠어요. 그리고 이 의식에는 머

셰익스피어의 숲

핀 표준어가 사용되겠지요. 지구인들은 머핀 표준어를 정확하게 발음하지 못하기 때문에 미리 컴퓨터로 작업해서 녹음한 주문이 사용될 거예요.

이 의식은 처음엔 그럴싸해 보이지만 곧 시시해져요. 그 나이 또래 아이들의 게임이 대부분 그런 것 같습니다. 어떤 아이들은 유령을 보았다며 숲 어딘가를 가리키기도 하고, 어떤 아이들은 머핀 표준어와 한국어와 지구 표준어 그러니까 영어가 섞인 긴 문장으로 구성된 수상쩍은 메시지를 종이에 쓰지만 곧 진부해져 버리겠지요. 여기저기서 허탈한 웃음이 터질 것이고 그 허탈함 자체가 이 게임의 일부일 거예요.

이들을 그리면서 슬슬 연수를 소개합니다. 다른 아이들과 어떻게 어울리려고 하지만 튀는 아이, 다른 아이들에겐 익숙한 이 게임에 어색하게 참여하지만 몰입하지는 못하는 아이. 연수는 다른 아이들과는 달리 머핀 표준어를 모르고 그 때문에 이 게임을 더 미심쩍게 봐요. 막 사귄 이 친구들이 얼마나 이 게임에 진지한지 확신이 서지 않아요.

강신술이 끝나요. 아이들은 놀던 자리를 정리하고

듀나

기숙사로 돌아갑니다. 그리고 어쩌다 보니 있을 수도 있고, 없을 수도 있는 머핀 유령들이 남긴 메시지가 적힌 종이 조각들을 연수가 갖게 되었어요. 자기 방으로 돌아온 연수는 옷을 갈아입고 침대에 누워서 별생각 없이 그것들을 읽습니다. 대부분 이런 게임에서 나올 법한 평범한 문장들이에요. 심심한 지구인 아이들의 머릿속에서 조립되었을 법한.

그러던 아이는 처음부터 끝까지 머핀 표준어로 쓰인 문장과 마주칩니다. 아이는… 여기서 전 주저합니다. 아이는 분명 무언가로 이 문장을 번역할 거예요. 하지만 그걸 뭐라고 불러야 할까요? 스마트폰요? 그럴 수는 없지 않겠어요? 아마 아이가 쓰는 모바일 기기는 두뇌 안에 내장되어 있는지도 모르지요. 하지만 그런 기기를 장착하고 자란 아이는 많이 다르게 생각하고 행동하지 않을까요? 먼 미래 우주 배경의 SF 소설들은 이게 문제예요. 다른 은하로 여행할 수 있을 만큼 발전된 미래의 후손들은 우리와 완전히 다른 존재일 것이고 우리와 완전히 다른 기술을 쓰는 그들을 주인공으로 이야기를 만들기는 쉽지 않습니다. 타협

셰익스피어의 숲

을 하게 되고. 그 결과 이런 소설 속 세계는 종종 근 미래 배경 하드 SF의 세계보다 기술이 떨어져 있는 것처럼 보입니다. 초광속 비행이 가능하다는 것만 빼 면요. 아, 대충 넘어가기로 하죠. 연수는 제가 구체 적으로 묘사하지 않은 어떤 기계로 그 외계어 문장을 번역합니다.

나의 딸, 나의 작은 물고기야. 너는 이 숲에 너무 일찍 헤 엄쳐왔구나.

진부하고 심심한 가짜 문장들 사이에 의미 있는 진 짜처럼 생긴 문장이 섞여 있는 거예요. 이건 오로지 연수만을 가리키는 것처럼 보입니다. 연수는 얼마 전 까지 모든 대륙이 물에 잠긴 〈워터월드〉스러운 행성 에서 살았고 그곳 사람들은 그 세계에 끝까지 적응하 지 못한 연수를 '작은 물고기'라고 불렀기 때문입니 다. 단지 앞에서도 말했지만 연수에게는 자기를 딸이 라고 부를 사람이 없어요.

괜찮죠? 이 아이디어 전체가 온전히 제 것이라고

우길 수 있다면 좋을 텐데. 하지만 전 이걸 엘리자베스 젠킨스의 단편 〈온 노 어카운트, 마이 러브On No Account, My Love〉에서 빌려왔어요. 평범한 가족사 이야기처럼 시작했다가 후반에 저 세상에서 온 것일 수도 있고 아닐 수도 있는 메시지가 영매가 자동기술로 쓴 진부한 글 사이에 섞여 있었다는 이야기입니다. 유령 이야기의 장르 역사는 기니까 비슷한 이야기가 꽤 있을 거 같은데, 전 그래도 이 소설에서 빌려왔어요.

하여간 이야기는 여기서부터 과거로 갑니다. 제가 구체적으로 밝히지 않은 이유 때문에 연수가 그 〈워터월드〉 행성을 떠나 새솔에 도착한 순간으로요. 아이는 종종 악몽을 꾸고 외로움과 불안함에 떨면서 서툴게 새 행성의 삶에 적응해갑니다. 그 와중에 연수와 가장 가까워진 이는 지구인이 아니라 누렁이 이모입니다. 저에겐 이게 자연스러워 보입니다. 직접 선택할 수 없는 또래 친구들이 갑갑하기 짝이 없는 때가 있잖아요. 이들 사이에서 당연시되는 호모소셜 집단의 규칙은 그렇게 당연하지도, 정상적이지도 않은데 억지로 수긍하는 척 견뎌야 합니다. 그렇다고 그

셰익스피어의 숲

맞은편으로 건너가면 답이 있느냐. 그럴 리가 없지요. 이런 상황이라면 완전히 낯선 누군가가 오히려 친근하게 느껴질 수 있어요. 연수에겐 누렁이 이모가 지구인이 아니라는 게 가장 좋았을 수도 있지요. 미래 아이들의 상황은 다르지 않을까요.

지금까지 제가 읊은 정보들이 정리되기 시작합니다. 새솔 항성계의 역사는 최대한 짧게 제가 요약할 수 있어요. 머핀의 역사는 연수와 누렁이 이모의 대화를 통해 전달하는 게 가장 효율적이겠지요. 연수는 책을 읽으며 정보를 스스로 정리하기도 할 거예요. 이 과정 중 앞에서 제가 쏟아부은 정보들이 질감을 갖추게 됩니다. 피아노곡을 관현악곡으로 편곡하는 것과 비슷하지요. 그렇다고 너무 공을 들이지는 않을 거예요. 예를 들어서 전 사실적인 대사나 대화를 만드는 데엔 별 관심이 없어요. 최대한 효율적으로 정보를 전달하는 게 더 중요해요. 제대로만 굴러간다면 한 화자가 몇 십 페이지씩 이야기를 읊어도 괜찮습니다. 아무리 길게 읊어도 전설적인 수다쟁이 선원 찰스 말로를 이길 수는 없을 테니까요. 말이 나왔으니

듀나

하는 말인데, 전 이런 수다를 '말로질'이라고 부르고
무지 자주 써먹습니다. 아마 이 이야기에서는 누렁
이 이모가 그 역할을 하게 되겠지요. 아, 처음부터 끝
까지 누렁이 이모를 내레이터로 삼는 방법도 있긴 할
거예요. 약간의 트릭이 들어가야겠지만.

4

일주일 정도 원고가 중단되었고 그 때문에 마감을
결국 놓치고 말았습니다. 전 지금 2021년 4월 7일 서
울과 부산의 보궐 선거 결과를 중간중간 훔쳐보면서
이 글을 쓰고 있는데, 제가 포스트 아포칼립스 소설
을 쓰고 있다면 이 답 없는 암담함과 전방향을 향한
분노가 창작에 도움이 되었을 것 같기도 합니다. 하
지만 전 유토피아까지는 아니더라도 상대적으로 더
나은 미래를 그리려 하고 있고 바깥 뉴스는 여기에
전혀 도움이 안 됩니다. 하긴 전에도 특별히 다를 게
없었지요. 결과를 아는 지금이 차라리 낫지. 그리고

셰익스피어의 숲

고맙게도 이 세계는 제가 사는 곳과 큰 연속성이 없어요.

자, 다시 새솔-5로 돌아왔습니다. 앞에서도 말했지만 연수는 부모가 없었습니다. 이 자체는 그때까지 큰 문제가 아니었습니다. 전에 살았던 〈워터월드〉 행성에는 공장 생산된 사람들이 가족 안에서 태어난 사람들보다 더 많았고요. 새솔엔 가족 안에서 태어난 사람들이 더 많았지만 교육 커뮤니티 안엔 공장 생산된 아이들도 많았어요. 연수는 여기에 대해 깊이 생각한 적이 없었습니다. 막연하게 불행한 아이였지만 이게 그렇게 비정상이라는 생각은 안 했어요. 하긴 그 나이 또래 애가 행복하기만 하다면 그것도 이상할 것 같습니다.

숲의 무언가가 '나의 딸, 나의 작은 물고기야'라고 메시지를 보내 온 순간, 연수는 살짝 바뀌었습니다. 이를 완전히 논리적으로 설명하는 건 불가능해요. 정말로 숲 어딘가에 지금까지 몰랐던 엄마가 있다고 믿거나 한 건 아니었으니까요. 하지만 이 신비스러운 메시지가 자신에게 어떤 의미가 있고 그 의미를 밝혀야 한다고는 생각하게 되었지요. 그것도 누구의 도움도 받지 않고 혼자서요.

아이는 이제 시간이 날 때마다 숲으로 들어갑니다. 아, 숲 하니 생각나는 게 있어요. 제가 하이텔 과학소설 동호회에 있었을 때 누군가가 했던 말입니다. 한국어로 SF나 판타지를 쓰는 작가가 숲을 등장시키면, 은근히 번역물처럼 보입니다. 우리나라에서 나무가 많은 곳은 대부분 산이기 때문이죠. 평지에 나무들이 잔뜩 있는 공간은 이런 곳이 당연한 환경의 서양 작가들이 만든 세계를 별 고민 없이 가져온 것처럼 보여요. 재미있는 지적인데, 전 그냥 건너뜁니다. 어차피 다른 행성이잖아요. 그리고 여기에 한국적인 느낌을 넣으려 산을 넣으면 갈 수 있는 곳이 제한됩니다. 이럴 때는 숲을 이루는 식물과 동물이 지구와 얼마나 다른지를 보여주는 게 더 좋을 거 같습니다. 그렇다고 너무 다르면 곤란하겠지요. 독자들이 심상을 그리기 힘들어 할 테니까요. 아무리 그들이 이상하게 생겨도 숲은 여전히 숲이어야 합니다. 그리고 제가 원하는 숲의 공간을 만들기 위해서는 나무가 어느 정

셰익스피어의 숲

도 높이 이상이어야 해요.

어차피 여기서 중요한 건 이들이 구체적으로 어떻게 생겼느냐가 아니에요. 최소한의 형용사로 지구의 동식물과 차별화하여 그림을 그릴 수 있는 기초 재료만 주고 나머지는 그냥 독자들에게 상상하게 합시다. 중요한 건 이곳이 조금만 해가 기울어도 어두워지는 공간이고 거기에 사는 작은 동물들이 먼 옛날 이 행성에 잠시 머물렀던 외계 종족의 언어와 상념과 감정을 기억하고 이들의 파편을 노래로 부르고 있다는 것입니다.

연수는 이곳에 들어와서 혼자만의 강신술을 합니다. 이 이야기에서 가장 공을 들여 묘사해야 할 부분입니다. 지금 기분이 아니라면, 전 짐승들이 외계의 언어로 노래하는 숲에 들어온 아이가 숲을 돌아다니며 눈과 귀를 통해 들어오는 정보 중 어느 것이 물리적 실체이고 어느 것이 숲에 남은 유령들의 흔적이고 어느 것이 그냥 망상인지 확신할 수 없는 상태에서 위험한 도취에 빠지는 과정을 몇 페이지에 걸쳐 묘사할 거고 그건 정말 재미있는 작업이겠지요. 하지만

40

듀나

지금은 현실 세계에 대한 짜증이 너무 심해 가상 세계에 집중을 못하겠습니다. 그냥 유튜브를 뒤지며 저를 위로할 수 있는 뭔가 단순한 것을 찾겠어요. 얼마 전에 나온 웬디 솔로 데뷔곡 뮤직비디오나 바비칸홀에서 바바라 해니건이 교복을 입고 나와 노래를 부른 리게티의 〈종말의 신비Mysteries of the Macabre〉 공연 실황 같은 거. 음, 근데 뒤의 것을 보다가 사이먼 래틀이 "Prime Minister Farage?(패러지가 수상이라고?)"라고 외치는 걸 보면 괜히 엉뚱하게 대입해서 심난해질지도 몰라요. 여전히 웃기기는 하겠지만.

그렇게 기분이 좋아진 건 아니지만, 계속하겠습니다. 연수의 이야기는 막 시작한 것 같지만 이미 많이 진행이 되었어요. 이 아이의 모험과 새솔 항성계의 정보가 샌드위치처럼 겹쳐가며 쌓이는 구조니까요. 연수는 누렁이 이모와 친한 사이가 되었고 주변 상황에 대해 알 만큼 압니다. 그 위에 자신의 경험을 쌓아가는 중이지요.

그리고 결정적인 순간이 찾아옵니다. 연수가 숲에서 무언가를 만난 것이지요. 아직 모습은 흐릿해요.

셰익스피어의 숲

머핀 유령처럼 보이긴 하는데, 왠지 조금 달라 보입니다. 가장 이상한 건 움직임입니다. 앞에서 설명했지만 머핀은 앞뒤가 없는 생명체입니다. 그 때문에 움직임이 지구 생물이나 새솔-5 토착생물과 달라요. 지구인은 오로지 앞을 보고 걷지요. 하지만 머핀은 세 개의 눈이 가리키는 방향 어디로도 갈 수 있습니다. 그런데 연수를 '나의 딸, 나의 물고기'라고 부르는 그 존재는 오로지 앞으로만 움직이는 것처럼 보여요.

이는 이상한 일이 아닙니다. 연수가 접하는 정보는 감염되어 있으니까요. 하지만 무엇에 감염이 된 거죠? 전 이 유령이 어느 정도 인간적인 존재인 척 하면서 이야기를 끌어갈 겁니다. 지난 몇 십 년 동안 여기서 살아온 지구인의 기억이 언젠가부터 숲에 쌓이기 시작했고 그것들이 머핀 유령들을 감염시킨 것이라고요. 그리고 이제 지구인스러운 감정과 욕망을 가지게 된 그 존재는 연수에게 모성애와 같은 감정을 품게 된 것이라고요. 그런데 유령은 왜 연수에게만 보이는 걸까요? 그건 연수가 '특별한' 아이니까요. 공장 생산된 아이들은 다양한 유전적 변주가 있는데 어

42

듀나

쩌다 보니 연수가 속한 그룹은 이런 정보를 더 잘 처리할 수 있는 두뇌를 갖게 된 것입니다. 이 세계의 지구인들은 지금보다 훨씬 다양해요. 그리고 연수의 두뇌는 유령과 다른 지구인들을 연결하는 다리 역할을 합니다. 이제 슬슬 다른 사람들에게도 숲 속의 유령들이 보여요. 처음엔 단조로운 새솔-5의 삶을 재미있게 해줄 변화처럼 보였습니다. 하지만 유령들은 점점 통제 불가능해지고 도시 사람들의 숨겨진 비밀이 폭로되고….

이건 정통적인 이야기 전개 방법입니다. 왜 정통적이냐면 인간 중심적이니까요. 사람들은 머나먼 행성을 배경으로 한 소설을 읽는 동안에도 이게 결국 자기 자신에 대한 이야기이길 바랍니다. 저도 여기에 맞추어 작업을 했어요. 은하 간 여행이 가능한 먼 미래의 아이가 연수 같을 리가 없지요. 이건 찬솔시 사람들도 마찬가지. 하지만 어쩔 수 없어요. 여러분은 그 먼 미래의 사람들을 온전히 이해하지 못할 테니까. 저는 어쩔 수 없이 현재의 독자에 맞추어 작업을 해야 합니다. 종종 그게 정말 싫다고 느껴질 때가 있

셰익스피어의 숲

긴 하지만 어쩔 수 없지요.

하지만 저도 자존심과 취향이 있습니다. 꼭 이 길을 갈 필요는 없어요. 비슷하지만 다른 해결책을 찾도록 하겠습니다. 저에겐 이게 더 익숙한 길이고 실제로 자주 썼습니다. 중간에 "이건 너희들에 대한 이야기가 아니야"라고 외치며 산통을 깨는 구성이지요.

알고 봤더니 숲속의 유령은 머핀과 지구인의 혼종이 아니었습니다. 머핀이 살기 한참 전에 이 행성에서는 다른 종족이 살아있었어요. 지구에는 공룡이 살던 먼 옛날이었지요. 토착종은 아니었어요. 역시 끌개를 통해 이 행성에 왔는데, 이들이 만든 도시와 끌개는 오래전에 사라졌지요. 오직 이들의 유령만이 토착 생물에 기생하며 남아 있어요.

머핀들은 오래전부터 이 사실을 알고 있었습니다. 앞에서 말한 '앞에서도 말했지만 머핀들은 셰익스피어의 숲에 대해 별다른 고고학적인 관심을 보이지 않아요'는 거짓말입니다. 이들은 자신의 과거엔 관심이 없지만 이전 거주자들엔 관심이 있어요. 실제로 소설을 쓴다면 조금 더 정교한 방식으로 독자들을 기만할 거예요.

　새솔-5에 지구인들이 온 것도 머핀들이 조작한 것이었습니다. 머핀들의 두뇌는 이전 거주자들의 정보를 온전히 읽지 못했어요. 하지만 지구인을 통하면 어렵지만 가능할 수도 있었지요. 그러니까 지구인들은 일종의 해독기로 불려온 것입니다.

　그 정도 과학기술이 있으면 그냥 해독기를 만들면 되지 않냐고요? 그러게 말이에요. 아무리 제가 그 현상을 유령이라고 불러도 그건 그냥 규명된 자연현상이고 머핀 정도라면 그 정도 기계는 쉽게 만들 수 있을 텐데요. 외계인 침략자가 지구인들을 착취하는 영화를 볼 때마다 전 늘 그런 생각을 합니다. 왜 저러려고 굳이 지구를 찾지? 지구인 고기가 그렇게 맛있다면 별과 별 사이를 오가느니 그냥 합성하면 되지 않나? 아니, 먹는 쾌락이 그렇게 중요하다면 그 감각만 재현하면 되지 않나?

　영어권 SF에 익숙한 독자들은 여기서 자연스럽게 〈환상특급〉 에피소드로도 각색된 데이먼 나이트의 단편 〈인간에게 봉사하기To Serve Man〉을 떠올리겠지

셰익스피어의 숲

요. 외계인들이 인간에게 봉사하러 온 줄 알았는데, 알고 봤더니 요리해 먹으려고 왔다는 이야기입니다. 전 그 고전이 정말 말도 안 되는 것들의 총합이라고 생각합니다. 특히 영어의 말장난(to serve)이 외계어에도 통할 거라 믿는 그 시건방짐은 정말…. 그래서 다양한 언어로 SF를 쓰는 게 중요한 겁니다. 오로지 특정 언어만이 커버할 수 있는 상상력과 아이디어가 있고, 어떤 언어에서 당연한 것이 다른 언어에서도 당연하지는 않습니다. 영어권 사람들은 이걸 자꾸 까먹죠.

머핀들에게로 돌아가면, 물론 그들은 지구인의 두뇌보다 훨씬 좋은 해독기를 만들 수 있었습니다. 하지만 지구인의 두뇌를 이용하는 게 훨씬 재미있을 거리고 생각한 거예요. 한국어 사용자들을 고른 건 우리의 언어가 그 이전 거주자의 언어와 비슷해서일 수도 있습니다. 아마 새솔섬의 다른 언어 사용자들은 이 유령 소동에 말려들지 않았을 거예요. 아마 그들은 비교 대상으로 불려온 것일 수도 있어요.

그 이전 거주자는 어떤 존재일까요. 러브크래프트

듀나

스타일의 심술궂은 고대의 괴물이라면 재미있을 거라는 생각도 잠시 해봤습니다. 하지만 그것도 지나치게 익숙한 아이디어 같아요. 게다가 전 이미 전 우주가 하나의 네트워크로 연결된 몇억 년의 역사를 가진 우주를 만들었는데, 여기서 러브크래프트 괴물은 좀 초라해 보이지요. 전 이 존재에 대해 많은 걸 밝힐 생각은 없지만 그렇다고 이들의 무시무시함과 불가해함을 과장할 생각은 없습니다.

이 모든 정보는 마지막에 누렁이 이모를 통해 전달됩니다. 연수는 이에 대해 어떤 종류의 거부감과 죄의식도 느끼지 않는 머핀들에게 당황하지만 분노하지는 않습니다. 어차피 세상은 지루하고 단조롭고 지구인들이 정상성이라고 들이미는 것도 이해하기도 힘들었어요. 지금의 찬솔시에서 일어나고 있는 사건도 이해하기 어려운 건 마찬가지지만 그래도 아까보다는 덜 지루합니다. 언젠가 이들도 지루함과 권태 속으로 가라앉겠지만 지금은 아니지요. 누렁이 이모와의 대화를 마친 연수는 고대 종족의 유령들에 감염된 사람들로 시끄러운 시내로 걸어 들어갑니다. 앞으로 한동안은 남아 있을 혼돈을 즐기려고요.

(알아요! 알아요! 늘 쓰는 이야기를 또 썼다고!)

5

전 지금 머나먼 코엑스에 와 있습니다. 막 거기 메가박스 상영관에서 조바른 감독의 신작 〈불어라 검풍아〉를 보고 나왔어요. 이 영화는 현실 세계가 배경일 때는 블랙 바가 뜨는 1.85:1 화면이지만 주인공이 다른 평행 세계로 넘어가면 화면이 꽉 찬 와이드스크린이 됩니다. 〈오즈의 마법사〉 오마주겠지요. 하지만 이 영화를 상영하는 메가박스 상영관 대부분은 (코엑스 상영관은 드문 예외입니다) 마스킹을 하지 않는 1.85:1 비율이기 때문에, 초반과 후반에 관객들은 사방에 블랙 바가 뜬 뿌연 화면을 볼 수밖에 없지요. 제 생각에 서비스 업자가 기본을 무시하는 건 업계 붕괴의 시작입니다.

모두가 칼을 갖고 다니고 툭하면 칼싸움이 일어나

는 〈불어라 검풍아〉의 평행 세계는 오로지 놀이터로서
만 존재합니다. 무명 액션 배우인 주인공 연희가 액션
을 하고 성장을 하기 위한 도구이고 그것으로 충분하
지요. SF 작가로서 저는 이보다는 더 자기완결적이고
복잡한 세계를 만든다고 생각합니다. 하지만 놀이의
방법이 조금 더 복잡할 뿐, 놀이터인 건 달라지지 않
아요. 판타지와 SF 장르에 속한 모든 작품은 현실 세계
로부터의 도피입니다. 그게 가장 중요한 목표입니다.
이를 통해 현실 세계를 비판하거나 풍자하기도 하고,
현실 세계보다 더 견디기 힘든 세계를 만들기도 하지
만, 우리는 현실이 아닌 것에 대해 쓰기 위해 이 장르
를 택했습니다. 이게 도피가 아니라면 무엇일까요.

전 이런 도피가 나쁘다고 생각한 적이 없습니다.
반대로 전 오로지 현실 세계에서만 사는 사람들만큼
위험한 짐승은 없다고 생각합니다. 자칭 현실주의자
들은 자신이 갇혀 있는 현실의 작은 구석만을 봅니
다. 하지만 환상가들은 하늘로 날아올라 현실 전체를
조망할 수도 있고 지상에서는 오염된 공기 때문에 볼
수 없는 더 높은 곳으로 갈 수도 있습니다. 전 이런

셰익스피어의 숲

식으로 계속 그럴싸하고 좋게 들리는 말을 할 수 있습니다. 이 업계에 몇십 년 있는 동안 여기에 훈련이 되었으니까요.

단지 앞이 보이지 않는 현실에 치이면 이 모든 게 변명처럼 보입니다. 전 언젠가 동료 작가에게 지금 동시대 젊은 남자들의 여성 혐오를 언급하지 않고 현대 배경의 청소년 소설이나 이성애 로맨스를 쓰는 것이 과연 정직한 것인가 물은 적 있습니다. 전 둘 다 안 쓰니까 이런 말을 막 던져도 별 문제가 없었지요. 하지만 지금은 이런 생각이 듭니다. 지금 사회의 저열함이 어떻게 극복되었는지를 설명하지 않고 더 나은 미래를 그리는 건 마찬가지로 부정직한 게 아닐까? 이를 상상하는 것은 SF 작가의 의무가 아닐까?

모르겠어요. 전 의무 따위를 생각하며 글을 쓸 정도로 여유 있는 창작가가 아닙니다. 전 그냥 쓰고 싶은 것, 쓸 수 있는 것만을 씁니다. 그래도 고민은 해야겠지요. 여기저기 흔해 빠진 엄지와 검지를 벌린 손 모양의 그림이 자기 성기 크기를 놀려대는 비밀단체의 음모라고 우겨대는 남자들이 이렇게 많고 언

듀나

론과 기업이 이들에게 우쭈쭈 해주는 세상을 살면서 허구의 세계를 배경으로 한 소설을 쓰며 독자와 소통하는 것에 무슨 의미가 있을까. 어떻게 이런 세상에서 동료 시민에 대한 혐오를 최대한 줄이고 희망을 유지하며 의미 있는 미래를 상상할 수 있을까. 그런 고민이 나중에 거미줄 우주와 같은, 지금 여기와 동떨어진 세계 이야기를 할 때도 어떻게 반영이 될 수 있을지도 모르지요.

누가 알겠어요. 전 작가인 척하는 소설 속 캐릭터에 불과한 걸요. 지금 저를 조종하며 글을 쓰는 작가는 저랑 전혀 다른 생각인지도 모르죠. 제가 앞에서 무지 심각하게 늘어놓은 정직한 말들이 제가 이해하지 못하는 아이러니컬한 농담의 재료일 수도 있겠지요. 저를 천진난만한 프론트로 세워놓고 뭔가 음흉한 계획을 세우고 있을 가능성은 분명 존재합니다. 신이란 원래 그런 존재니까요.

아니면 그 '신'은 지금 아무 생각 없이 침대에 퍼질러진 채 무한 반복되는 〈피카부〉 뮤직비디오를 동태눈으로 들여다보고 있을지도 모르죠.

셰익스피어의 숲

찰나의 기념비

심너울

자각몽 ✦ 유산

2133번에게는 오직 형태만이 남아 있었다. 질감과 색채는 사라진 지 오래였다. 다른 모든 것들처럼. 그 스스로는 인식하지 못했지만, 앞으로 결코 인식하지 못하겠지만. 2133번은 그 벽돌들이 하나씩 점멸하는 것을 보았다. 기둥이 깜빡이다 마침내 사라지는 것을 보았다. 그리고 하늘도. 고개를 한 번 들어올렸다가, 2133번은 생각했다. 하늘의 색깔이 저렇지 않았던 것 같은데.

구름 한 점 없는 하늘은 일정한 명도와 채도의 회색으로 가득 차 있었다. 지독할 정도로 단조로운 색채를 보면서 2133번은 그 광경이 비현실적이라는 감상을

찰나의 기념비

품었다. 그 이상으로는 아무런 생각도 들지 않았다. 그는 자신이 생각할 수 있을 거라고 생각하지 않았다. 감히 세상을 감상할 수 있으리라고 생각할 수도 없었다. 세상에는 감상의 대상이 될 것이 없었다.

세상의 멸망은 쾅 소리와 함께 오지 않았다. 세상의 멸망은 모든 것의 단조로운 소멸과 함께 왔다. 모든 색채가, 모든 질감이, 모든 각이, 모든 냄새가, 모든 물성이. 사물에 독립성을 부여하는 모든 속성이 빠르게 지워지고 있었다. 2-33번을 내려다보던 하늘의 회색 색채마저 사라지고 있었다. 사라진 하늘의 회색 조각을 채운 것은 아무것도 없었다. 조각이 사라진 곳에는 아무 존재도 나타나지 않았다. 영원할 것 같던, 은빛 벽은 이미 완전히 사라진 지 오래였다.

2-33번은 자신이 여전히 의지를 품을 수 있다는 것이 놀라웠다. 그래서 2-33번은 감각에 집중했다. 아무런 느낌도 전해지지 않았다.

관성적으로, 2-33번은 자신의 이름을 읊조렸다. 아니, 읊조리고자 시도했다. 2--3번은 수십 년간 읊었던 자신의 이름을 기억할 수 없었다. 아니, 그게 자신

심너울

의 이름이 맞긴 했을까?

2--3번의 신체가 아무것도 없음에 녹아 들어가고 있을 때, 무엇인가가 2--3번의 관심을 끌었다. 놀라운 일이었다. 2--3번의 의식은 여전히 개별성을 유지하고 있었다. 외부의 자극에 집중할 수 있었다. 2--3번은 남은 정신의 부스러기를 끌어모았다. 2--3번은 그것을 보았다. 의식이 뚝뚝 떨어져 나가고 있는 와중에 그는 깨어 있고자 노력했다. 모든 정보를 잃어가는 세상에서 개인의 의지만으로 각성을 지킬 수 있을까? 2--3번은 고민하지 않았다. 그런 고민에 쓸 시간도, 고민을 할 능력도 없었다.

그건 달팽이였다. 회색빛 공허로 녹아들고 있는 세상에 달팽이 하나가 총천연색을 뽐내며 기어가고 있었다. ---3번은 수십 년의 삶 동안 이만한 사치를 목격한 적이 없었다. 혹은, 그가 기억하지 못하고 있는 것일까?

---3번은 산산조각난 기억 속에서 어떤 정보를 인출했다. 달팽이와 인간의 시간을 인식하는 해상도가 다르다는 정보를. 달팽이는 인간보다 훨씬 느린 시

간 감각을 지니고 살아간다. 달팽이의 조그마한 뇌는 사람처럼 시간을 잘게 쪼개 인식할 능력이 없다. 인간과 달팽이가 산들바람이 부는 초원 위에 함께 있다면, 달팽이는 바람에 따라 흔들리는 풀들이 마치 뚝뚝 끊겨서 움직이는 것처럼 느낀다.

부서지는 세상이 탄식처럼 내뱉는 마지막 블랙 코미디였다. 그에 대한 찬사로, ----번은 실로 공허한 웃음을 지었다. ----번은 생각을 쥐어짰다.

끝이야.

그 아무 유감도 없는 생각을 마지막으로, 세상에 깃든 모든 유의미한 정보가 사라졌다.

✦

세상의 모든 사람들은 2090년 1월 1일 오전 7시라고 인식하는 시간에, 자신의 집 혹은 그만큼 익숙한 공간에서 깨어났다. 그들은 익숙한 공간에서 익숙한 방식에 따라 하루를 시작했다. 35번은 커피를 내렸고, 810번은 침대에서 몇십 분을 더 뒤척였으며, 729번은 요가를 시작했다. 그때까지는 아무도 무언가 이상하다고 느끼지 않았다.

오전 8시 30분에 문을 열고 집 밖으로 나왔을 때 사람들은 어색함을 느꼈다. 집 혹은 익숙한 공간은 그들의 기억 그대로였지만, 집의 현관은 수십 층짜리 커다란 복도형 아파트의 대문으로 이어졌다. 복도에서는 똑같이 생긴 아파트 수 개가 줄지어 서 있는 것을 목격할 수 있었다. 내 집이 이런 데 연결되어 있었던가? 이 의문의 꼬리를 물고, 좀 더 근본적인 의문이 따라왔다. 왜 내 집의 현관 바로 옆에, 1미터도 간격을 두지 않고 또 다른 현관이 위치해 있을 수 있지? 어떻게 안이 밖보다 넓을 수 있지? 어떻게 수천 명의 사람들이 약속이라도 한 것 마냥 동시에 현관 밖으로 나올 수 있지?

어색함은 빠르게 공포로 발달했다. 수천 명의 사람들 중 일부는 그 공포심을 공격성으로 승화시켰다. 5번이 6번에게 달려들었을 때, 이 세상이 만들어진 이후 첫 번째 폭력이 나타났다. 다행히 그 폭력에서 아무도 상처 입지 않았다. 사람들은 상처 입을 수가 없었다. 대부분의 감각이 온전했지만 그 세상의 인간에게서 고통은 깔끔히 소거되어 있었다. 그리고 죽음도. 아파트에서 뛰어내린 사람은 으깨지지 않았고, 끓는 물에 손을 집어넣은 사람은 따스함 이상을 느끼지 못했다.

물리적으로 죽는 것이 불가능하다는 확신이 사람들 사이에 퍼지기 시작하자, 사람들은 이 기이한 세상을 천천히 탐색하기 시작했다. 탐색은 오래가지 않았다. 세상이 지나치게 좁았기 때문이다. 삼천 명의 사람들이 바글거리는 세상은 아파트 몇 개와 숲 하나에 지나지 않았다. 안이 밖보다 넓은, 그 내부가 각자 다르게 설계되어 있는 기이한 복도형 아파트들을 둘러싼 침엽수림, 그리고 침엽수림을 둘러싸고 있는 벽.

그 벽은 이 비현실적인 세상에서도 특별하게도 거짓말 같은 객체였다. 은빛이 도는 금속으로 만들어진, 기이할 정도로 둥근 벽은 하늘의 끝까지 이어져 있었다. 아파트 밖에 있다면, 어디에 고개를 돌려도 사람들은 은빛 벽을 볼 수 있었다. 그 벽은 파괴할 수도 파헤칠 수도 없었다.

세상이 온 힘을 다해 자신이 가짜라고 주장하는 것

같았다. 몇 주간은, 사람들은 이 좁은 세상의 정체를 탐구하는 것을 소일거리로 삼았다. 사람들에게는 2060년부터 30년간 이어지는 각자의 기억과 지식이 있었다. 마지막의 마지막에, 이 세상이 어떤 컴퓨터에서 돌아가고 있는 가상의 세계라는 가설이 이 세상이 세심하게 설계된 지옥이라는 가설을 이겼다. 몇몇 물리 법칙이 현실과 같이 작동하지 않는다는 것이 그 근거였다.

하지만 거기까지였다. 사람들은 자신이 가상의 존재라는 것을 안다고 해도 왜 이 시뮬레이션이 돌아가고 있는지는 전혀 깨달을 수 없었다. 괴롭게도, 오직 허구와 정보로만 존재하는 세계였지만 사람들의 의식은 진짜였다. 그들은 죽을 수도 없었다. 40년 동안, 그 작은 세상 속에 깃든 삼천의 정신은 천천히 말라비틀어졌다.

완전한 무기력에 빠져, 현실에 대한 사유 자체를 포기해 버리는 방식이 가장 대중적이었다. 사람들은 자기 기억대로 만들어진 집에 처박혀 있다가, 천천히 돌처럼 굳어갔다. 모든 자극에 대한 반응 자체를 포

찰나의 기념비

기하는 것이었다.

구원은 색다른 모습으로 찾아왔다.

✦

2133번은 자신의 왼손을 바라보았다. 중지와 검지
가 완전히 색채와 질감을 잃어버린 채였다. 칠하지
않은 밀랍 인형 같다고 2133번은 생각했다. 2133번
은 오른손을 들어 자신의 왼손을 붙잡았다. 회색으로
변해 버린 왼손 중지와 검지에 아무런 감각도 느껴지
지 않았다. 왼손을 잡고 있는 오른손에도, 중지와 검
지에 대한 감각은 전달되지 않았다. 공허한 무언가가
공간만을 차지하고 있었다. 적응하려야 할 수가 없는
감각이었다.

아직도 정신을 붙잡고 있는 소수의 사람들은 그것
을 백사병이라고 불렀다. 사람 혹은 사물의 일부가
색채와 질감을 잃으며 백사병은 시작된다. 백사병은
천천히 전신으로 퍼져 나가고, 백사병이 퍼져 나감에
따라 사람은 자신의 특색과 개성 또한 조금씩 잃어버
린다. 개성이 소실된 개체는 하얀 밀랍 인형처럼 변

해 버리고, 종국에는 형태마저 부스러져서 사라진다.

　백사병은 정신과 기억에도 침범했다. 환자들의 정신은 그들의 몸처럼 단조롭게 변하다 결국 소멸했다. 그것은 구원이었다. 이 미친 세상은 그 자체로 영원한 형벌이었다. 결코 상처받지 않는 몸을 지닌 채로, 존재할 수 없는 벽에 갇힌 채로, 이 변화 없는 좁디좁은 세상 속에서 살아간다는 것, 그건 가녀린 인간의 정신으로 차마 견딜 수 없는 것이었다.

　2133번이 그 유혹에 넘어가지 않은 이유는 오직 기억뿐이었다. 2133번은 자신의 이름을 읊조리면서, 집에 딸린 창고로 들어갔다. 온갖 상자와 자루로 가득 찬 창고엔 퀴퀴한 곰팡이 냄새가 감돌았다. 2133번은 익숙한 기억에 따라, 깊숙한 곳에 처박힌 상자를 하나 열었다. 정체를 알 수 없는 회색 먼지가 공기 중으로 포자처럼 퍼져 나갔다. 상자 속의 잡동사니 중 일부는 이미 익숙한 회색 질감으로 바뀌어 있었다. 2133번은 상자 안에 있는 자신의 목표를 들어 올렸다. 그것은 살짝 녹슬어 있었지만, 다행히 백사병에 침식되지 않았다.

2133번은 자신의 이름을 읊조리면서, 자동 권총을 들어 올렸다. 기억의 깊은 곳에 각인된 그 무게감 그대로였다. 이 세상에 처박힌 이후로는 아무 쓸모 없을 거라고 생각했는데. 하지만 지금은 무엇이라도 해보아야 했다. 나오는 길에 그는 집 한구석에 있는 커다란 컴퓨터를 보았다. 단 한 번도 작동한 적이 없는 물건이었다.

2133번은 아파트를 나섰다. 아파트 또한 부분 부분 백사병으로 침식되고 있는 것이 드러났다. 시야를 가득 채우는 은빛 벽을 한번 쓱 올려다보고는, 2133번은 그쪽으로 걸어나갔다.

2133번이 숲을 통과했을 때는 저녁 시간 즈음이었다. 아마도. 시간을 재는 것은 대부분이 포기했지만, 그래도 이 세상에는 끝없이 계속되는 낮과 밤의 순환이 있었다.

2133번이 전해 들었던 대로, 그곳의 은빛 벽에는 사람이 간신히 통과할 수 있을 만한 작은 구멍이 나 있었다. 2133번은 벽의 구멍으로 천천히 다가갔다. 구멍을 둘러싼 벽의 소재는 백사병에 침식되어 그 색

심너울

채를 잃어버린 채였다. 2133번은 자신의 이름을 한 번 읊조린 다음, 몸을 숙여 그 너머를 바라보았다.

그 너머에는 완전히 다른 세상이 드러났다. 현기증을 느끼고 2133번은 고개를 돌렸다. 저기로 가야만 해. 그는 다시 중얼거렸다.

그때 2133번은 인기척을 느꼈다. 위협일지도 모른다는 느낌, 그의 가상의 뇌에 경보가 번개처럼 울렸다. 죽음이 없는 세상에서 무슨 위협을 할 수 있을지는 모르겠지만. 오랜 세월 동안 몸이 기억하고 있는 방식 그대로, 2133번은 다급히 자신의 직관이 인도하는 방향으로 날렵하게, 자신의 옆쪽을 향하여 총을 겨눴다.

"잠깐! 쏘지 마세요! 그게 정말 소용 있을지는 모르겠지만, 하여튼 쏘지 마십시오!"

그림자 속에서 커다란 백팩을 멘, 살집 있는 사람의 형체가 드러났다. 2133번은 총을 든 손을 내렸다.

◆

"저는 1098번입니다."

찰나의 기념비

벽의 구멍 앞에 주저앉은 채로, 1098번이 백팩에서 꺼낸 에너지바를 우물거리면서 말했다. 의미 없는 일이었다. 이 세상에는 배고픔도, 혈당에 따른 신체적 변화도 없었으니. 2133번은 그 모습을 보면서 자신이 마지막으로 무언가를 먹었을 때가 언제인지 가늠해보았다가 곧 포기했다. 그는 1098번에게 물었다.

"2133번이야. 여긴 뭐 하러 온 거지?"

"제가 물어보고 싶은 이야기인데요! 당신이 먼저 저한테 총을 들이대지 않았습니까? 아니, 대체 그런 건 어디서 구한 겁니까?"

2133번은 아주 천천히, 그러나 분명히 넓어지고 있는 벽의 구멍을 한번 훑어본 다음에 단어를 뱉었다.

"집."

"진짜 세상에 있을 때 집에 총을 보관해두는 종류의 사람이었군요? 신기하네요. 그럼 구멍을 찾아온 이유는⋯."

2133번이 한숨을 한번 푹 쉬고는 말했다.

"다른 무슨 이유가 있겠어. 들어가 보려고."

"아니, 세상에, 그건 너무 위험한 일인데요! 저기

심너울

들어간 사람들 중에 아무도 돌아온 사람이 없다는 건 알고 계십니까? 당신 같이 무기력에 시달리지 않는 사람이 얼마나 희귀한데요."

2133번은 다시 1098번에게 총을 겨눴다. 1098번은 즉시 입을 다물었다. 둘 모두 그 총 따위로 서로를 해할 수 없다는 것을 알고 있었지만, 총은 폭력의 상징으로 그들의 기억에 각인되어 있었다. 하긴 또 이 괴이한 세상에서 언제 총의 기능이 현실대로 돌아올지도 모를 일이었다.

2133번은 말했다.

"그럼 너는 여기에 왜 얼쩡거리고 있는 거야? 지나가는 사람들한테 경고하려고?"

"제발! 일단 총부터 치우고 이야기하시죠."

2133번이 총을 내리자 1098번은 한숨을 푹 쉬고는 말했다. "쿠키 드시겠습니까?" 그는 백팩에서 쿠키 하나를 주섬주섬 꺼내 2133번에게 건넸다. 2133번이 고개를 젓자 1098번은 말을 이었다.

"어, 그러니까, 저는 신비주의자입니다. 무슨 뜻인지는 알고 계시죠?"

찰나의 기념비

"세상을 누가 만들었는지, 왜 만들었는지 탐구하는 족속들 말하는 거 아냐? 내가 알기로는 이미 전부 무기력증에 빠져서 집에 처박혀 있는 걸로 아는데."

1098번이 침통한 표정으로 고개를 끄덕이더니, 방금 꺼낸 쿠키를 자기 입에 쑤셔 넣고는 우걱우걱 씹으면서 말했다.

"대부분은 그렇습니다. 하지만 아직 저 같은 예외도 있죠. 저는 이해가 전혀 안 갑니다. 이 세상이 가상의 감옥이라고 해서 모든 희망을 놓을 이유가 또 어디 있답니까? 어떻게든 빠져나갈 방법을 찾아봐야 사람다운 거 아니겠습니까? 이런 말 하려니 또 민망하지만, 제가 현실 세계에서 가져온 기억을 참고하자면 말이죠. 저는 항상 진취적인 사람이었습니다."

"그래서 구멍을 찾아왔다?"

1098번의 눈이 빛났다. 그는 자기 백팩을 가리키면서 말했다.

"네. 저 뒤에는 우리 세상의 비밀이 저장된 건물이 있다고 합니다. 우리를 만든 인간들이 우릴 기다리고 있을까요? 아니, 어쩌면 이 좁은 세상에서 탈출할 방법이 있을지도 모릅니다. 준비도 열심히 하지 않았습니까? 수많은 사람들이 돌아오지 않은 건, 어쩌면 거기서 해답을 찾았기 때문일지도 모릅니다!"

2133번은 이 세상에서 음식이 대체 무슨 소용이냐고 말하려 했다가 그만뒀다. 그가 쥔 자동 권총이 음식보다 쓸모 있다고 감히 말할 수 없었기 때문이었다. 배고픔이 없는 세상이지만, 음식은 짧은 감각의 여흥이라도 준다. 하지만 이 총은? 2133번이 총을 들고 온 이유는 그저 그것이 쓸모 있을 것 같다는 막연한 직감뿐이었다.

"그렇군. 그쪽도 방금 온 거야?"

"음, 그게… 사흘 정도 됐습니다."

"뭐라고?"

"사실 좀 무섭거든요. 구멍 밖을 보기만 해도 어지럽지 않습니까? 그나저나 당신이 여기 온 이유는 뭡니까?"

헛웃음을 지으면서, 2133번은 왼손을 들어 올렸다. 1098번은 그의 왼손 전체로 퍼져 나가고 있는 백사병의 흔적을 보고는 입을 벌렸다.

찰나의 기념비

"글쎄, 나도 그 건물을 찾아왔어. 어쩌면 이걸 치료할 수 있을지도 모른다는 생각이 들어서. 가만히 앉아서 문드러지는 것보단 나아 보이거든."

거짓말이었다. 하지만 그 편이 더 설득력이 있을 거라고 2133번은 생각했다.

2133번은 몸을 숙였다. 분명히 1098번과 대화하기 이전보다 구멍은 더 커져 있었다. 벽의 반대편에서, 2133번은 다시 한번 감히 설명할 수 없는 색채의 소용돌이가 휘몰아치고 있는 것을 목격했다. 대체 무슨 일이 벌어지고 있는 거지? 머리가 아찔했지만, 2133번은 멈출 수 없었다. 벽이 빠르게 부스러지고 있는 것처럼, 그의 백사병도 빠르게 진행되고 있었으므로.

"자, 잠깐만요!"

2133번은 고개를 돌렸다. 1098번이 눈을 감고 포복한 채로 다가오고 있었다. 눈을 질끈 감은 채로 1098번이 외쳤다.

"다, 당신은 용감하군요! 우리가 좋은 파트너가 될 수 있을 것 같지 않습니까? 함께 모험을 떠나는 파트너 말입니다. 혼자보단 언제나 둘이 더 나은 법이니

심너울

까요! 이제 10이라고 부르십시오. 저는 21이라고 부를 테니!"

2133번은 헛웃음을 흘리고는 다시 앞쪽을 바라보았다. 그 색채의 소용돌이도 바라보고 있자니 적응할 수 있을 것만 같았다. 그는 걸어나갔다. 그 뒤를 1098번이 눈을 질끈 감고 헐레벌떡 따라갔다.

✦

몇 시간 동안, 둘은 벽의 바깥쪽을 걸었다. 바깥쪽에서 바라본 벽은 하늘을 향해 뻗은 커다란 은빛 탑처럼 보였다. 세상을 둘러싼 은빛 탑은 구석구석 불쾌한 흰색으로 썩어 문드러져 있었다.

벽의 바깥은 온갖 잔해들로 무질서하게 포장된 평원이었다. 그 잔해를 구성하는 오브젝트들은 서로 완전히 관련이 없어 보였다. 2133번은 종을 동정할 수 없는 포유류의 뼈와 나무로 된 책장과 콘크리트 블록과 금속 프레임이 뒤섞여 있는 모습을 보았다. 그리고 그 위의 하늘에는 온갖 색채가 뒤섞여 소용돌이쳤다. 2133번은 자신이 인식할 수 있는 모든 색이 하늘에서

찰나의 기념비

끝없이 주도권을 두고 다투고 있는 것을 목격했다.

바다를 포장하고 있는 잔해들도 그 불길한 흰색의 침범을 받고 있었다. 백사병에 침식된 잔해를 밟고 서면, 발에 그 어떤 접촉도 느껴지지 않았다. 중력이 몸을 아래쪽으로 잡아당기는 것을 느끼면서도 정작 몸이 지지를 받지 못하는 상황은 적응하려야 할 수가 없었다.

2133번이 앞장섰다. 1098번도 2133번이 앞장서는 것에 전혀 이의를 제기하지 않았다. 그 잔해만큼이나 기이한 야수의 습격이 끝도 없이 이어졌기 때문이었다.

커다란 고양이와 비슷한 크기의 야수는 아홉 개의 다리를 가지고 있었다. 아홉 개의 다리는 역동적으로 움직였지만, 그중 실제로 이동에 관여하는 것은 딱 세 개뿐이었다. 그럼에도 그 못생긴 야수는 온갖 잔해로 가득 찬 폐허를 포장도로처럼 편하게 내딛으며, 둘에게 달려왔다. 2133번은 익숙한 이름을 한 번 읊조리고는, 색깔들 속에 흩어져 있는 야수를 주의 깊게 조준한 다음, 오른손 검지로 방아쇠를 당겼다. 그

심녀울

의 몸에 각인된 사격의 기억이 또 한 번 승리했다. 격발음과 함께 괴물이 수십 조각으로 폭발했다. 괴물의 조각은 빠르게 빛을 잃고 2133번의 왼손과 같은 꼴이 되더니, 공기 중으로 증발해 사라졌다.

권총은 효과가 있었다. 현실보다 더 큰 효과가 있었다. 여덟 번째 괴물을 쏘아 파괴했을 때, 2133번은 총탄이 다 떨어지면 어쩌나 고민하고 있었다. 열한 번째 괴물을 사살했을 때, 2133번은 남은 탄약을 세지 않기로 했다. 탄약과 전혀 상관없이 총은 잘 발사되었다. 2133번은 총에서 발사되는 게 총알이 맞는지도 의심스러웠다.

뒤의 잔해 사이에 잘 숨어 있던 1098번이 만세를 부르면서 빠져나왔다. 그는 2133번 뒤를 따르면서 말했다.

"61번의 말이 맞았습니다. 여기가 바로 세상의 실험장이었던 겁니다."

발을 한 걸음씩 내딛을 때마다 발소리 대신 퍼지는, 그 비현실적이고 깔끄러운 불협화음을 들으면서 2133번은 1098번을 쳐다보았다. 다행히 그는 벽 안

찰나의 기념비

쪽에서 본 것과 같은 모습이었다. 2133번은 그 얼굴을 보는 것만으로도 자신이 현실, 아니 현실과 비슷한 무엇인가에 발 딛고 있다는 느낌을 받았다.

"61번?"

"그러고 보니 당신은 신비주의자가 아니지요? 아… 바깥쪽 세상을 버텨내느라고 착각했습니다. 61번은 제 친구이자 학문적 동지입니다. 구멍을 우리보다 먼저 넘었고, 다시 돌아오지 않았죠."

"실험장이라는 게 무슨 이야기인지 알고 싶은데."

"아, 이제야 제 지식을 뽐낼 차례이군요! 21, 당신의 무용이 빛나는 동안 언제 제 장점도 빛날 수 있을지 진심으로 기다리고 있었습니다."

1098번이 그의 옆에 서면서 자랑스럽게 말했다. 저 멀리 지평선에서 지던 연보라색 태양이 주황색 구름 사이로 파고들고 있었다.

"시간이 많지 않으니 그런 헛소리는 생략하도록 하지."

"알겠어요. 우리들이 무얼 탐구했는지는 알고 계시지요?"

심너울

"좀 종교적이잖아? 그러니까 신비주의자라는 이름으로 불렸지. 내 기억으로는 이 세상을 누가 만들었는지 궁금해하고 있던 것 같은데."

어느새 군것질거리를 꺼내 씹고 있던 1098번이 손을 내저었다.

"하하, 그런 건 우리 의식이 개화하고 딱 세 달 동안 하던 질문입니다. 그야 현실에서의 어떤 인간이 만들었겠죠. 악랄한 사이코패스거나, 아니면 최소한 자신이 하는 일에 그 어떤 고민도 없는 사람이겠죠."

2133번은 고개를 끄덕였다. 왠지 잠시 아찔해진 그는 눈을 감았다. 어디로 가는 것이 나을지 그는 생각했다. 2133번의 머릿속에 경로가 천천히 그려졌다. 벽을 나서기 전부터 이미 알고 있던 경로였다. 그 경로가 방금 전처럼 또렷하게 나타나지가 않았다. 2133번의 기억이 백사병에 침식되고 있는 것이었다. 2133번은 이를 꽉 깨물었다. 정신의 청명을 유지하기 위하여, 살아있다는 느낌을 받기 위하여, 그는 1098번의 목소리에 귀를 기울였다.

"앞서도 말했지만, 저를 비롯한 신비주의자들은 이

찰나의 기념비

세상에서 빠져나가려고 했습니다. 그러려면 이 세상이라는 프로그램이 어떻게 만들어졌는지 알아야 했죠. 어떻게 만들어진지 안다면 오류를 찾을 수 있다고 믿었습니다. 오류를 찾아낸다면, 그 취약점을 통해서 우리의 존재가 바깥으로 전송될 수 있을지도 모릅니다. 그럼 이 감옥을 탈출하는 겁니다."

"우리 세상이 컴퓨터 위에서 돌아가는 프로그램이라는 것까지는 나도 알고 있어. 하지만 이 프로그램의 오류를 밝혀낸다고 해서 우리가 그 프로그램 바깥으로 빠져나갈 수 있을지는 잘 모르겠는데. 우리 모두는 이 감옥 프로그램의 일부야."

1098번이 2133번의 어깨를 툭툭 치면서 무언가를 권했다. 2133번은 그것을 시허연 왼손으로 받아들였다. 청포도맛 사탕이었다. 2133번은 그것을 입에 집어넣었다. 달콤한 맛과 향이 입 안에 퍼져 나갔다.

"21, 살아있는 기분이 들지 않나요?"

"뭐라고?"

"제가 군것질을 하는 걸 보면서 이상하다고 생각했죠? 우리는 이제 배고픔을 잃어버렸잖습니까. 식욕도 따라서 사라졌고요."

2133번은 고개를 끄덕였다.

"하지만 생각해 보십시오. 아무리 이 세상이 가상 세상이라고 한들, 우리가 하는 모든 행동이 반도체 위에 흐르는 전자의 춤에 불과한다고 한들, 우리의 의식은 정말로 존재하고 있지 않습니까? 당신은 그 사탕의 맛을 정말로 느끼고 있지 않요? 우리가 정보 집합체에 지나지 않더라도, 프로그래밍된 대로 자극에 반응하는 것뿐이라고 해도, 그 과정에서 우리가 느끼는 모든 것은 완전히 진짜입니다. 우리의 데이터와 우리를 가동하는 프로그램을 바깥으로 보내면, 우린 다른 곳에서 정보로 이루어진 생명체로 살아갈 수 있을 거에요. 어떻게든 진짜 세상의 인터넷에만 접근하면 됩니다! 자기 자신을 수정하는 프로그램이 존재한다는 건 비밀도 아닙니다. 그게 우리 신비주의자들의 목표였습니다. 결국 대부분 답을 찾지 못하고 굳어버렸지만요. 백사병으로 벽이 뚫릴 거라고 예상치 못한 탓이었죠."

1098번의 열렬한 강의를 듣던 2133번은 주변을 훑

찰나의 기념비

어보았다. 밤이 내리고 있었다. 혹은, 2133번은 밤이 내린다고 생각했다. 시각적으로 잔해에 비치는 색깔의 채도와 명도는 아까 전과 다를 것이 없었지만, 아직 백사병이 침식하지 않은 그의 몸에 느껴지는 빛의 강도가 확연히 줄어들었다. 그는 물었다.

"무슨 말인지는 알겠지만, 그게 여기가 실험장이라는 말과 무슨 상관이지."

1098번은 앞으로 몇 걸음 뛰어나갔다. 그는 두 팔을 벌리고 한 바퀴 빙글 돌았다. 방금 전의 벌벌 떨던 모습은 찾을 수 없었다.

"보십시오! 이곳이야말로 오류 그 자체 아닌가요? 벽 안의 세상도 많은 물리 법칙이 제대로 작동하지 않지만, 벽 바깥은 법칙이 완전히 망가져 있습니다. 이 잔해들, 색채의 소용돌이도, 재장전하지 않아도 발사되는 총도! 여기야말로, 벽 안의 세상이 만들어지기 전에 우릴 만든 사람이 온갖 실험을 하던 공간일 겁니다. 여기서 우리는 파고들 수 있는 세상의 취약점을 찾아낼 겁니다. 함께 밖으로 나가시죠. 21."

2133번은 고개를 끄덕이고 성큼성큼 발걸음을 옮

심너울

기기 시작했다.

"그렇다면 서둘러야겠군. 내 기억이 백사병으로 통째로 사라지기 전에, 내가 길을 까먹기 전에. 따라와."

"기억이라고요?"

2133번은 여전히 기억하고 있는 자신의 이름을 읊조리면서, 진실을 말했다. 거짓말을 할 이유도 없는 것 같았다.

"그 오류를 내가 만든 것 같으니까. 아니, 나라고 할 수 있나?"

그의 목소리가 이어졌다. 조금씩 사라지고 있는 기억을 어떻게든 잡아 두려는 것처럼 보였다. 그는 아무한테도 말하지 않았던 비밀을 천천히 털어놓았다.

✦

세상의 사람들이 이름 대신 번호를 쓰는 이유는 그들의 과거에서 온 기억과 단절되기 위해서였다. 모두에게 2060년부터 2090년까지의 진짜 세상에서 빚어진 기억이 어렴풋이 남아 있었지만, 그 기억 속의 자신

찰나의 기념비

은 지나치게 낯설게 느껴졌다. 기억 속의 자신은 은빛 벽으로 제한된 세상이 아니라 진짜 지구에서 다채로운 불안과 기쁨 속에서 살아갔으니까. 생리적 만족과 고통의 족쇄를 찬 채로 살아갔으니까. 그 기억에 매달리고 있으면 가상 세상에 영혼을 구속당한 무기력한 죄수가 되었다는 진실이 더욱 우울하게 다가왔다.

이 기억에 천착하는 사람들이 없는 것은 아니었다. 어쩌면 그 기억 속에 이 가짜 세상을 나갈 수 있는 방법이, 이 감옥 속에 붙잡힌 이유가 있을지도 몰랐다. 그들은 매일같이 기억을 교환했고, 실마리를 하나하나 찾아나갔다.

그 시도는 하나같이 실패했다. 사람들의 기억은 모두 고유했지만, 죄다 비슷했다. 기억의 끝자락에서, 사람들은 극심한 공포에 휩싸인다. 공포의 대상은 명확하지 않다. 가만히 있어도 몸을 벌벌 떨게 되는 공포에 빠진 사람들은 오랫동안 고뇌해 온 어떤 선택을 내린다. 그 선택이 정확히 어떤 것이었는지는 무슨 수를 써도 기억해 낼 수가 없었다. 현실의 인간들이 어떤 이유에서든 프로그램 속에 자신의 인격과 기

심너울

억을 복사한 것만은 틀림이 없었지만, 그 너머로 나아갈 수가 없었다.

거기까지, 모두가 아는 이야기를 들은 1098번이 따지고 들었다.

"그게 오류를 당신이 만들었다는 것과 무슨 상관입니까?"

"말하기 힘든 이야기를 하기 전에 모두가 아는 이야기를 하면 좀 더 마음이 편할 것 같아서. 옛 기억을 떠올릴 때마다 난 책임감을 느껴. 이상할 정도로…."

그렇게 말하고는, 다시 한번 2133번이 자기 이름을 속삭였다. 그리고는, 2133번은 말을 잘근잘근 씹으며 천천히 내뱉었다.

"2088년인가… 나는 컴퓨터 앞에 앉아 있어. 모니터 속에는, 글쎄, 이제 잘 기억나지는 않는데, 이 세상과 비슷한 모습이 보여. 벽과 안쪽 세상. 시간이 갈수록 기억 속에서 날 짓누르는 책임감의 무게도 강해져. 마지막에는 나도 다른 사람들과 같은 공포를 느끼지만. 나는 이 프로그램을 만드는 데 어떻게든 관여했어. 그것만은 확실해."

찰나의 기념비

1098번이 걸어가고 있는 2133번을 붙잡았다.

"21, 무슨 일이 있었던 겁니까? 좀 더 자세히 설명할 수는 없습니까?"

"안 돼. 기억이 안 나. 옛날엔 알았던 것 같기도 한데."

1098번은 2133번의 얼굴에 천천히 흰색 얼룩이 피어나고 있는 것을 보았다. 그는 이미 왼쪽 눈으로는 더 이상 초점을 맞출 수 없게 되었다. 백사병은 그의 안과 밖을 동시에 침범하고 있었다. 2133번이 비틀린 미소를 지으면서 말했다.

"하지만 이 병이⋯ 왜 생기는지는 정확히 알 것 같아."

1098번이 표정으로 설명을 요구했다.

"프로그램의 데이터가 어떤 이유로든 붕괴하고 있어. 사람과 사물의 정보가 지워질 때마다, 그 특색도 사라지고 있는 거야. 다행히도 아직 그 데이터를 해석하는 핵심 논리 자체는 유지되고 있어. 그러니 세상이라는 프로그램 자체가 종료되지 않은 거지. 하지만 이 프로그램이 영원히 지속될 것 같지는 않군."

심녀울

2133번이 다시 자기 이름을 말했다.

"이 이름을 쓰던 나는 꽤 숙련된 엔지니어였던 모양이야. 그렇지?"

"왜 미리 말하지 않은 겁니까? 이 병이 퍼지기 전에 미리 말했다면 어떻게든 대책을 세울 수 있었던 거 아닙니까?"

"벽을 뚫을 방법이 없어. 벽이 뚫리기 전에 우리가 할 수 없는 건 아무것도 없었다고. 말만 하면 그 작은 세상 속에서 영원히 비난을 듣고 살았을 텐데, 당신이라면 그럴 수 있나?"

"그럼… 그럼 끝인 겁니까? 무기력증에 빠진 사람들이 옳은 겁니까? 모두 이렇게 붕괴하고 말까요?"

허탈한 표정으로 주저앉은 1098번에게 2133번이 침식되지 않은 오른손을 내밀었다.

"아직은 모를 일이야. 자질구레한 기억들이 사라지면서, 오히려 무의식 속에 묻혀 있던 기억들이 하나씩 떠오르기 시작했거든. 예를 들면 내가 기록을 모아둔 저장소로 찾아가는 길이라든지."

"저장소요?"

찰나의 기념비

"그래. 네가 말한 그 건물. 거기에 이 세상의 기록이 모여 있을 거야. 저 안에 내가 설치해 둔 가이드가 있어. 당신도 이 세상이 왜 만들어졌는지 알게 될 거고. 어쩌면 거기서 여길 벗어나, 현실 혹은 광대한 인터넷 속으로 흘러갈 방법을 찾게 될지도 몰라. 그러니 일어나, 10."

1098번의 눈에 다시 불꽃이 타올랐다.

✦

1098번이 가져온 간식거리가 다 떨어질 때까지 걸은 둘은 어느새 주변의 풍경이 바뀌었음을 알았다. 색채의 소용돌이가 돌던 하늘은 채도를 잃어 회색으로 변해가고 있었다. 칼날 같은 모양으로 하늘을 향해 치솟아 오른 기둥들이 벌판을 가득 채우고 있었다. 그 기둥들의 절반 이상은 백사병에 침식되어 시허옇게 변해 있었다.

개중 어떤 기둥은 뭉뚱그려진 회색의 형태만이 남아 있었다. 형태만 남은 기둥은 마치 유령처럼, 신기루처럼 다른 물질을 그대로 통과시켰다. 기둥을 통과

하면서 신기해하는 1098번을 보고 2133번이 천천히
말했다.

"충돌 정보가 손실된 거야. 잘못 건드리면 데이터
오염이 네게 전달돼서 너 또한 붕괴될지 몰라."

1098번은 기함했다.

기둥을 통과하던 도중에 괴물들이 나타나기도 했
다. 하지만 처음 벽 너머로 넘어왔을 때보다 그들이
나타나는 빈도는 훨씬 줄어들었다. 괴물이 나타날 때
마다 2133번은 이제 총을 조준도 하지 않고 허공에
쏘았다. 그럴 때마다 총구와 직선상의 경로에 있지
않더라도 괴물은 산산조각 나고 회색 액체로 변해 사
라졌다.

바깥 영역의 깊숙한 내부에서는 이제 객관보다 주
관이 더 중요했다. 1098번은 2133번이 한 번에 여러
곳에 위치하는 것을 목격했다. 시간 관념도 휘어지고
왜곡됐다. 1098번은 분명히 자신이 세 시간을 걸었다
고 생각했고, 2133번은 자신이 이틀을 꼬박 걸었다고
느꼈다. 둘은 지루한 행군 속에서 함께 대화를 나눴
다. 하지만 각자가 기억하는 대화 내용은 완전히 달

찰나의 기념비

랐다.

칼날 같은 기둥들이 늘어선 땅을 지나자, 이제 순수한 회색으로 가득 찬 공간이 드러났다. 땅 전체가 회색으로 변해 있었다. 하늘과 땅을 구분할 방법은 미묘한 채도의 차이밖에 없었다. 그 땅에 발을 디딘 순간, 뒤를 돌아도 아무것도 보이지 않았다. 세상은 원래부터 회색 대지밖에 없는 것만 같았다.

1098번은 이제 덜덜 떨지 않았다. 그가 느끼는 공포는 이제 싸늘하게 몸을 굳힐 뿐이었다. 그는 항상 세상의 오류를 발견한다면, 이 세상의 논리를 파고들어 빠져나갈 수 있을 거라고만 생각했다. 하지만 오류는 그의 현실 감각을 완전히 뒤트는 공포스러운 것이었다. 오래 가상 세계에 살아왔지만, 1098번의 인식은 철저히 그의 옛 기억, 실재에 붙박혀 있었다. 돌아가자고, 도망치자고 1098번은 외치고 싶었다. 그는 입을 벌렸다.

그때 2133번이 완전한 흰색으로 변한 왼손을 들어 올렸다.

"저기야. 기록 저장소."

심너울

1098번은 그제야 웅장한 은빛 돔이 서 있는 것을 보았다. 벽과 완전히 같은 재질이었다. 1098번은 그렇게 거대한 것이 방금 전까지는 전혀 눈에 띄지 않았다는 것을 믿을 수가 없었다. 이 장소에서 현실에 대한 인지는 끝없이 시험당했다.

1098번은 2133번을 물끄러미 쳐다보았다. 정말 이 사람이 이 프로그램을 만들었을까? 만약 그렇다면, 왜 인간의 의식을 이 가짜 현실 속에 처박은 걸까? 1098번은 가슴 속에 차오르는 진짜 불안감을 느꼈다.

"저 안에, 답이 있어."

2133번이 억지로 언어를 쥐어짰다. 그의 하체도 이제 희게 변해 있었다. 사람의 살점을 붙여 놓은 밀랍 인형 같다고 1098번은 생각했다. 그는 앞서 나가기 시작했다. 어쩌면 저 앞에 이 커다란 악몽을 끝낼 대답이 기다리고 있을지도 몰랐다….

저장소의 커다란 은빛 문을 열자마자, 그 안에서 무언가 튀어나왔다. 물소의 몸통에 세 사람의 얼굴이 달린 흰색 괴물이었다. 1098번은 그 세 얼굴에서 익숙한 무언가를 보았다.

찰나의 기념비

"61번?"

일곱 개의 다리와 세 개의 부속지가 달린 괴물의 얼굴, 1098번이 기억하던 61번의 얼굴이 아가리를 벌렸다. 수백 개의 이빨이 1098번을 잡아채는 동안, 그는 무엇이 잘못되고 있는지 전혀 이해하지 못했다.

그리고 1098번은 실로 오랜만에, 아니 어쩌면 처음으로 고통을 느꼈다. 그의 몸은 말짱했지만 극심한 고통은 멈출 줄을 몰랐다. 그는 비명을 질렀다.

"끄아아악! 21, 21, 살려줘요!"

2133번이 다급히 오른손으로 총을 들어올렸다. 방아쇠를 몇 번 당겨도 권총은 철컥거리기만 할 뿐이었다. 2133번이 아무리 근접해서 사격을 해도 괴물은 멈추지 않고 1098번을 쥐어짰다. 백팩이 벗겨져 땅에 떨어지고, 아무것도 없는 대지에 비명이 울려 퍼졌다.

"61번, 대체, 대체 나한테 왜 이러는 거야!"

괴물은 2133번에게는 아무 신경도 쓰지 않는 듯했다. 1098번의 짓눌린 몸통이 빠르게 흰색으로 변해가기 시작했다. 그를 구성하는 데이터가 붕괴되고 있었다.

심너울

2133번이 왼팔을 뻗으며 소리쳤다.

"내 데이터 오염을 전달할 수 있을 거야. 이것도 결국 우리처럼 정보로 이루어진 존재일 뿐이니까! 그럼 이 괴물도 붕괴할 거야!"

"그래요?! 그럼 빨리 해요! 빨리! 뭐든!"

"안 돼! 그럼 너도 사라질 거야! 넌 지금 그 괴물과 중첩된 상태야. 데이터 오염이 네게 전달될 거라고!"

공중에서 흔들리던 1098번이 2133번을 쳐다보았다. 2133번은 계속 흔들리는 초점을 최선을 다해 1098번의 표정에 맞췄다. 구멍을 처음 통과할 때만 해도 공포에 질려 있던 그 표정에 어느새 사명감이 깃들어 있다는 것을 2133번은 알 수 있었다. 극심한 고통 속에서도 그 사명감은 분명히 찬란한 존재감을 발하고 있었다.

"하, 하지만 당신 아니면, 누가 이 세상이 어떤 꼴인지 밝혀내겠어요?!"

1098번이 신음을 토해내면서 말했다. 그가 말을 끝내자마자, 괴물이 아가리 속에 있는 수백의 이빨을 1098번의 몸통에 더 깊숙이 박았다. 고문 같은 처절

찰나의 기념비

한 비명이 울려 퍼졌다. 2133번은 잠시 망설였다. 이 세상 속에 수천의 사람을 가둔 죄에, 누군가의 존재를 소멸시키는 죄까지 덧붙여야 하는가? 그때 그의 머릿속에 어떤 문장이 번개처럼 지나갔다.

이제 남은 시간이 정말로 얼마 없어.

2133번은 괴물에 왼손을 뻗었다. 왼손이 몸통을 뚫고 지나가면서 괴물은 빛을 내며 붕괴해 사라졌다.

모든 소리가 멈췄다. 괴물과 1098번이 순간 차갑게 뻣뻣이 굳었다. 생생한 색깔로 빛나던 두 존재는 급격히 흰 밀랍 인형으로 변해 갔다. 채 몇 초도 지나기 전에 괴물과 1098번은 새하얀 파편으로 조각나 흩어졌다. 대지에 흩어진 파편들은 원래 존재한 적이 없었던 것처럼, 순식간에 녹아 사라졌다. 2133번은 거기서 NullPointerError라는 글귀가 지나가는 것을 보았다.

✦

2133번은 회색 대지 위에 엎드려 있었다. 그의 왼팔과 왼다리는 녹아 사라진 지 오래였다. 시간이 얼마나 흘렀는지 기억할 수 없었다. 2133번은 땅에 얼

●●

굴을 처박고 있었지만, 놀라울 정도로 아무런 느낌도 들지 않았다. 그는 천천히 고개를 들었다. 과거의 그 자신(자신이라고 할 수 있을까?)이 마련해 둔 저장소도 군데군데 하얗게 변해 녹아내리는 게 보였다. 녹아내린 현실의 파편은 순식간에 공허로 미끄러졌다.

세상은 빠르게 붕괴하고 있었다. 방금 전의 그 괴물은 붕괴하는 세상이 만들어낸 어떤 단말마 같은 것이었으리라. 벽 안의 세상도 같은 파멸을 맞고 있을 게 뻔했다. 이 종말이 고통스럽지 않다는 것은 다행이었다. 프로그램 내의 유의미한 정보는 모두 사라지고, 잠시라도 반짝였던 의식은 공허 속으로 사라진다. 2133번은 지상에서 가장 안온한, 이 가상의 파멸을 꿈꿨다. 수많은 사람들이 이미 스스로 택했던 길이었다. 그는 이 감옥 세상에 갇힌 이후 그만큼 달콤한 욕망을 가진 적이 없었다. 설령 자신의 의식을 다른 네트워크에 전송하는 것이 가능하다고 한들, 네트워크의 광대한 정보에 노출된 개인의 의식이 버틸 수 있을까?

그래서, 그는, 천천히, 앞쪽으로 기어가기 시작했

찰나의 기념비

다. 백사병이 침범하고 있는 오른팔만으로. 자신이 과거에서 가져온 유일한 기억인 자신의 이름을 계속 읊조리면서.

2133번은 안온함에 굴해 사라질 수 없었다. 그의 정신을 구성하는 수많은 정보는 공허 속으로 사라졌고, 이제 그의 마음에는 옛 기억의 파편과 책임감만이 떠돌고 있었다. 빈약한 감정에 불과했지만 그것만이 그의 유일한 감정이었다.

2133번은 알아내야만 했다. 자신이 왜 이런 세상을 만들었는지. 왜 수십 년짜리 가상의 감옥을 만들어 수많은 사람에게 고통을 줬는지. 왜 이 감옥이 이제야 붕괴되고 있는지. 현실의 그는 여기 갇힌 수많은 정신의 고통을 보면서 쾌락을 느끼는 미치광이였던 걸까? 그 답을 알아낸들 바뀔 게 없다는 걸 알지만서도, 그 앎조차도, 프로그램이 돌아가는 회로 위의 논리 소자들 수만 개의 변화에 지나지 않겠지만.

은빛 돔 내부는 장엄하고도 단순했다. 입구, 넓은 통로, 중앙의 광장. 광장은 텅 비어 있었는데, 그 중심에 찬란한 빛줄기가 비치고 있었다. 2133번은 보자

심너울

마자 알 수 있었다. 그것은 지식의 빛이었다. 그곳에
들어가면 이곳에 저장되어 있는 모든 기록이 그에게
로 스며들어 오리라. 2133번은 원형 광장의 중앙으로
기어갔다. 수십 년 만에 처음으로 느끼는 피로가 그
의 전신을 장악했다.

중앙에 다다르자, 그리고 그 빛줄기 아래에 서자,
프로그램의 헤더에 저장된 메타데이터가, 집요하게 저
장되고 있던 그 모든 로그가, 컴파일된 프로그램의 기
계어 코드 자체가, 그의 의식 속으로 스며들어 왔다.

2133번은 허공을 딛으며 하늘에서 자신이 내려오
는 것을 보았다. 아니, 그건 자기 자신이 아니었다.
과거의 기억 속에 있는 자신이었다. 2133번의 파괴되
어 가고 있는 정신이 쏟아지는 정보를 견디지 못하고
환상을 만들고 있는 걸까? 아니면 과거의 자신이 미
리 설치해 둔 존재인 걸까? 2133번은 알 수 없었다.
그딴 것을 추리하는 데 쓸 시간도 더는 없었다.

"안녕하세요? 저는 세상의 큐레이터입니다. 필요하
신 점이 있으신가요? 고객님."

고객님? 2133번은 머리를 흔들었다.

찰나의 기념비

"바깥에는 무슨 일이 있었던 거야? 왜? 왜 이 세상을 만든 거야?"

하늘에 고고히 뜬 채로, 환상이 다시 입을 열었다.

"2090년. 그동안 관측되지 않았던 암흑 물질이 지구를 덮칠 것이 확실시 되었습니다. 암흑 물질은 다른 물질과 접촉할 때마다 물질의 위상을 변화시키는 특성을 가지고 있었습니다. 지구 또한 하나의 커다란 암흑 물질 덩어리로 바뀌기까지 필요한 시간은 단 일주일이었습니다.

파멸을 피할 방법은 없었습니다. 지구의 모든 물질들은 빠르게 암흑 물질로 변해가고 있었습니다. 다른 행성으로 떠나는 것만이 유일한 생존법처럼 여겨졌지만, 인간에게는 다른 행성에서 장기적으로 생존을 유지할 수 있는 기술이 없었습니다. 암흑 물질은 인간의 절대적 한계였고, 우주가 지구에 내린 선고였습니다. 저희 회사에서는 알파 테스트 중이던 완전몰입 가상현실 솔루션을 내놓아야만 했습니다."

2133번은 그제야 이해했다. 왜 모두의 기억 속에 공포가 배어 있었는지. 그들 모두가 멸망하는 현실에

94

심너울

서 가상으로 탈출한 것이었다. 2133번은 극도의 피로감이 신체와 정신을 짓누르는 것을 느끼면서 물었다.

"지구가 끝장난 건가? 그럼 이 프로그램은 우주에 있나? 컴퓨터만 바깥으로 쏘아 보낸 건가?"

"이 프로그램은 태평양의 도달불능점에 위치한 데이터 센터의 네 대의 서버 컴퓨터에서 가동되고 있습니다."

돔의 천장에 천천히 균열이 나타났다. 균열이 천장의 일부를 잡아먹고, 완전한 회색으로 변한 하늘이 드러났다. 2133번은 눈을 감았지만, 앞이 보였다. 눈꺼풀은 이제 더 이상 작동하지 않았다. 2133번은 미친듯이 웃었다.

"프로그램조차 나처럼 엉망이군. 세상은 망했다면서. 여기가 가짜 세상이라고 해도 그 물리적 실체는 존재해야 해. 반도체는 암흑 물질에 반응하지 않나? 그럴 리가 없잖아."

환상이 미소를 지었다.

"아니요. 고객님. 이 솔루션은 고객님께서 직접 설계하신 것 아닙니까? 아직 지구는 완전히 암흑 물질

찰나의 기념비

로 화하지 않았습니다. 지구 전체 물질이 암흑 물질로 화하기까지는 약 17분의 시간이 남았습니다. 계산상, 이 프로그램은 0.00000000298초 후에 하드웨어 파괴로 인한 치명적인 논리 오류와 함께 종료됩니다."

"뭐? 잠깐, 하지만… 나는…."

치직거리는 소리와 함께 큐레이터의 환각이 사라졌다. 그러나 세상은 곧바로 소멸하지 않았다. 세상은 붕괴하고 있었으나, 감히 상상조차 할 수 없는―인식의 한계를 완전히 벗어난, 터무니없이 짧은 시간보다 훨씬 더 버틸 수 있을 것만 같았다.

2133번은 누웠다. 이제 그는 그 무엇도 느낄 수 없었다. 세상은 무너지고 있었지만 그의 감각은 그 어느 때보다 평온했다. 2133번은 생각했다. 생각하는 것 빼고는 할 수 있는 게 없었다. 아니, 딱 하나 더 남아 있었다. 2133번은 자신의 이름을 읊조렸다. 그 이름을 아직 기억할 수 있다는 게 그는 감사했다. 그의 시허옇게 변해버린 왼쪽 눈에서 기름 같은 눈물이 흘러내렸다.

심너울

그때 이제 단순해진 2133번의 정신에 명쾌한 깨달음이 번개처럼 내리쳤다. 한때 그도 이미 알고 있던 이야기였다.

인간의 시간 인식은 지독히도 성기다. 사실상 무한히 쪼개질 수 있는 시간의 간격을 인간의 지각은 필연적으로 듬성듬성하게 쪼개 인지할 수밖에 없다. 그것은 뇌의 한계다. 신경 전달 물질을 이용한 시냅스 간의 소통은 광속에 비하면 지긋지긋할 정도로 느리다. 하지만 이 가짜 세상 속에서는 인간의 정신마저 반도체 위에서 빛의 속도로 춤추는 전자만으로 시뮬레이션 된다. 그렇다면, 사고를 가속하는 것은 아무것도 아니다.

필요하다면, 찰나를 쪼개고 또 쪼갤 수 있다. 2133번의 세상은 찰나를 쪼개 그 빈틈 사이에서 영원과 다름없는 시간을 보낼 수 있도록 마련된 대피소였다. 그것이 2133번의 기억을 만든 이가 이전에 한 일이었다.

그리고 그 찰나의 기념비는 이제 그 최후를 맞고 있었다.

찰나의 기념비

미지와의 조우

정지돈

나선형 통로

〈미지와의 조우〉가 세계적인 OTT에서 편성 확정이 났을 때 우리는 고생 끝났다고 생각했다. 요즘 말로 하면 갓생 갈겨? 하지만 una hirundo non facit ver(제비 한 마리가 온다고 봄이 오는 건 아니다). 축하한다는 말을 건네는 넷플러스 담당자에게 프랑소와 트뤼포 역할은 박찬욱이 맡았으면 한다고 말했다. 담당자의 표정이 멍청해졌다. 프랑소? 있잖아요, 스필버그 영화에서 박사 역할 맡은. 스필버그는 왜요? 담당자의 표정이 제곱으로 멍청해졌다. 아직도 뉴턴 역학을 배우는 사람이 있어요? 루프양자중력 시대에? 흠…. 알고 보니 담당자는 "미지와의 조우" 제목이 스필버

그 영화에서 따왔다는 사실도 몰랐다. 그러니 농담이 통할 리가 없지.

그러고도 어떻게 영화 배급사에서 일할 수가 있어?

정확히 배급사는 아니죠. 영화도 아니고요.

기호태가 말했다(기호태는 나와 같이 〈미지와의 조우〉 대본을 쓴 작가다. 우리는 10년 동안 함께 작업했다). 기호태는 미팅 내내 침착을 유지하며 바탕화면에 깔린 아들의 사진을 들여다보고 있었다. 근데 아까부터 뭐하는 거예요? 이거 봐요. 기호태가 아들의 콧잔등을 가리켰다. 이 코. 코가 왜요? 이런 코를 본 적 있나요? 기호태의 아들은 세 살이었고 딱히 코라고 부를 만한 게 존재하는지도 모를 얼굴이었다. 물론 구멍이 두 개 있지, 뼈도 있고. 지금 대체 무슨 말을 하는 거예요? 코… 코 말이에요, 코.

#1 속초 동명항 / 낮 또는 밤, 어제 또는 내일
푸른빛이 감도는 항구.
켄지로와 무바가 쓰레기를 주으며 해변을 가로지

른다.

　무바: 켄지로.
　켄지로: 인간들이란.

Cut to)
　물안개를 헤치며 바다로 나아가는 보트, 적막한 동해 한가운데 정지한다.
　갑판에 서서 서로를 바라보다 격하게 포옹하는 켄지로와 무바. 키스한다.

　켄지로: 무바.
　무바: 켄지로.

　발목에 쇳덩이를 묶는 켄지로와 무바. 무바의 볼을 타고 뜨거운 눈물이 흐른다.

　내레이션: 세계가 유한하고 세계 바깥에 아무것도 없다면,

미지와의 조우

나는 당신들에게 묻는다. 세계는 어디에 있는가?

서로를 꽉 안은 채 바다로 뛰어드는 두 사람.

검푸른 물속으로 빠져드는 켄지로와 무바.

그때, 수면 위로 흰빛이 번쩍이고 바다 전체가 요동치듯 강렬한 파동이 밀려온다.

물속에서 눈을 부릅뜨는 켄지로, 엄청난 소용돌이가 그들을 휩쓴다.

정신을 잃은 듯 축쳐지는 무바의 몸.

켄지로: 읍읍응으__읍브브브(무바!! 안 돼!!!)

우우우웅, 하는 엔진소리 같은 굉음이 진동하고

켄지로와 무바의 몸이 수면을 뚫고 허공으로 솟아오른다.

켄지로, 놀란 눈으로 위를 보면 크기를 짐작할 수 없는 거대 우주선이 있다.

흰빛을 쏟아내는 우주선, 허공에서 무바를 향해 손을 뻗는 켄지로.

●●
정지돈

켄지로: 무………바!!

켄지로와 무바의 몸이 우주선의 홀로 빨려 들어간다.
요동치는 동해 바다, 파도와 소용돌이가 수면을 광폭하게 헤집고….
홀이 닫히고 순식간에 빛이 사라지더니 언제 그랬냐는 듯 잠잠해진다. 그리고 뒤집힌 채 홀로 떠 있는 보트….

내레이션: 무지개 너머 어딘가에, 저 높은 곳에 내가 자장가에서 들은 나라가 있다네.

우주선은 어두컴컴한 밤하늘을 고요히 뒤덮고 있다.

Can we delete this scene?
감독인 호세 파딜라가 말했다. 그와 통역인 숀 최, 그리고 우리는 각자 멕시코시티와 L.A., 서울에서 줌 미팅을 진행했다. 이 장면은 빼자는데요? 숀 최가 말했다. 그 정도는 알아들어요. 우리가 대답했다.

그것 말고도 호세가 빼고 싶어하는 씬은 많았다. 넣고 싶어하는 씬도 많았고. 대학에서 정치 외교를 전공해서인지 우리 대본을 국제 정치의 관점에서 풀려는 수작인 것 같았다. SF라는 게 거대 방산업체와 블랙 마켓, 대륙 간 힘겨루기와 극단주의 테러, 전지구적 로지스틱스의 필수불가결한 관계거든. SF는 미래에 대한 게 아니야. 지금 여기에 대한 거지, 라고 호세가 말했고 숀 최가 번역했다. 틀딱 새끼. 목구멍까지 불만이 차올랐지만 꾹 참았다. 근데 왜 자꾸 반말로 번역해요? 내가 말했다. 숀 최는 어깨를 으쓱했다. 뉘앙스를 최대한 살려야죠. 그게 구글 번역기와 제가 다른 점이에요. 좀 더 인간적이랄까.

이 씬은 대체 무슨 쓸모? 담당 PD인 우르술라 K도 말했다. 그녀와 우리 역시 줌 미팅을 진행했다. 그녀는 판교에, 우리는 성수동에 있었지만 말이다. 켄지로와 무바가 또 나오나요? 켄지로와 무바가 서사에서 중요한 기능을 담당하나요? 주제를 표현하나요? 이 씬의 목적이 뭐죠? Why?

Drama has gone to the mountain.

하지만 나와 기호태는 상관없었다. 작가의 의도 같은 건 아마추어나 신경 쓰는 것이다. 우리가 노리는 목표는 그것보다 한 차원, 아니 사 차원 높은 것이었다. 그게 뭐죠? 기호태가 말했다. 코. 코요? 흠….

이쯤에서 〈미지와의 조우〉 개요를 설명해야겠다. 아이디어는 간단하다. 어느 날 속초 앞바다에 UFO가 착륙한다. 정체도 목적도 알 수 없는 미확인 비행 물체 때문에 전 세계가 들썩이지만 특별한 대책은 없다. 우리의 주인공 김남길(극중에서 "리틀 보이 블루"로 불린다)은 서울에서 사업 실패를 겪고 낙향한 속초 토박이로 고향에서 자경단원으로 활동 중이다. 남길은 UFO가 나타난 날 자신의 딸이자 국가대표 수영선수인 다래가 실종됐다고 주장한다. 에일리언이 생체실험을 하는 게 분명해! 그리고 UFO를 둘러싼 정부기관과 음모론자, 평범한 사람과 광인, 실종자들, 사이비 종교, 우주 괴물, 기억과 차원, 시간의 문제가 병렬 구조로 나열되며 하나씩 폭발하기 시작한다….

대본은 동북아시아를 기반으로 활동하는 다국적 콘텐츠 제작사의 공모전을 통과했고 6개월의 준비 기

미지와의 조우

간을 거쳐 편성 확정됐다. 10부작 드라마로 프리 프로덕션 기간 동안 겨우 완성했는데 다시 뜯어고쳐야 할 판국이었다.

솔직히 말하면 제작되는 게 기적이에요. 우르술라 K는 담당 프로듀서였지만 입만 떼면 회의론을 펼쳤다. 그녀의 사캐즘은 아무리 들어도 익숙해지지 않았다. 우리가 지금과 같은 존재로 존재한다는 것 자체가 기적이죠. 지구가 지금 상태로 존재한다는 거, 생명이 탄생하고 두족류와 영장류로 진화해 지능과 문명이 발전했다는 것 자체가 완전히 우연이라고. 드레이크 방정식 아시죠? $N = R^* \times fp \times ne \times fl \times fi \times fc \times L$

(모름)

SF는 왜 제작하시는 거예요?

영화 역사상 최고 흥행작 스무 편 중 열네 편이 SF예요. 우르술라 K가 허공에 삿대질을 하며 말했다. 홀로그램 차트라도 있는 것처럼 말이다. 그리고 SF는 만국 공통어죠. 소비에트에서 미합중국까지. 알겠어요?

소비에트?

정지돈

(모름)

〈미지와의 조우〉는 6월 18일에 릴리스됐다. 2화까지 공개됐고 다음 화부터는 매주 한 편씩 공개될 예정이었다. 드라마가 릴리스된 날에도 나와 기호태는 제작사에서 렌트한 성수동의 작업실에서 대본 작업 중이었다. 축하주라도 하면 좋으련만 기호태는 술을 못 마셨다. 게다가 수정할 분량이 산더미였다. 호세와 스태프들은 속초 동명항에 거대한 규모의 세트를 짓고 철야 작업 중이었다. 지금부터는 거의 실시간이에요. 앞으로 7주간은 화장실 갈 때도 허락받고 가세요. 우르술라가 말했다. 작업실에 CCTV 있는 거 아시죠. 지켜보고 있어요.

6월 19일 오전. 작업실의 라꾸라꾸 침대에서 잤더니 온몸이 뻐근했다. 기호태는 통유리창으로 들어오는 햇살 아래에서 작업 중이었다. 노트북 위의 손가락이 다람쥐처럼 잽싸게 움직였다. 타닥타닥. 역광이라 몰랐는데 가까이서 보니 눈을 감고 있었다.

지금 뭐하는 거예요?

대본 쓰고 있어요.

기호태는 명상과 집필을 동시에 한다고 말했다. 스크린에서 방출되는 전자적 신호를 시신경으로 받아들이면 상상력에 손상이 온다나. 그때 우르술라에게 전화가 왔다.

난리 났어요.

왜요? 드라마 대박 났어요?

빨리 뉴스 확인해 봐요.

인터넷을 확인하니 모든 곳이 하나의 속보로 도배되어 있었다. "속초 앞바다에 UFO 상륙!!" 나와 기호태는 제작사의 마케팅 능력에 감탄했다. 굉장하네요! 어떻게 이런 기사를 뿌릴 생각을 하셨대요.

저희가 한 거 아니에요.

영통 속의 우르술라 표정이 심각했다. 실제 상황이라고요.

그녀가 카메라를 돌려 동명항의 풍경을 보여줬다. 사람들이 멍한 표정으로 어딘가를 보고 있었다. 그들의 시선을 따라 화면이 이동하자, 동해 바다 상공을 뒤덮고 있는 거대한 타원 형태의 물체가 보였다.

정지돈

보여요? 보여요?

물체는 우주선이라고 하기에는 지나치게 매끈하면서도 물렁해 보였다. 고체와 액체 사이의 뭔가와 같은. 어마어마하게 컸고 전자적 신호와 특수한 종류의 가시광선을 방출하는 것 같았다. 저 빛을 어떻게 표현해야 할까.

나와 기호태는 넋을 잃고 화면을 봤다.

알고 있었어요? 우르술라가 말했다.

뭘요?

우주선이 올 거라는 거.

그걸 우리가 어떻게 알아요!

대본에 썼잖아요.

그렇다. 대본에 썼다. 그렇지만 그건… 당연히 창작이었다. UFO는 대본에 쓴 것과 거의 유사한 형태였고 새벽에 착륙한 이후 아무런 미동이 없는 것도 동일했다.

아무튼 덕분에 특수효과 비용은 굳었어요. 우르술라 K가 말했다. 호세 파딜라가 직접 카메라를 들고 UFO를 찍고 있었다. 그가 흥분해서 소리치는 모습

111

미지와의 조우

이 보였다. ¡Está bien, está bien!(에스따 비엔! 에스따 비엔!)

넷플러스 다운된 거 알죠?

네?

〈미지와의 조우〉가 미래를 예견한 드라마라고 전 세계에서 난리 났어요. 빨리 다음 화를 써요!!

브라질과 유사한 가상의 도시: The Last Robbery Scene

호세 파딜라의 어머니는 리우데자네이루에서 100킬로미터 떨어진 도시 사쿠아레마의 버스 운전기사였다. 숱 많은 갈색 머리칼에 각진 턱, 매끈한 구릿빛 피부를 가진 그녀는 남녀를 가리지 않고 호감을 줬다. 매일 친구나 연인을 만나 파티를 가고 술을 마셨고 한 달이 지나기 전에 월급을 다 썼지만 아쉽거나 두렵지 않았다. 그렇게 사는 게 좋았고 돈이 떨어지면 연인이나 친구 집에서 며칠씩 묵곤 했다. 그녀의 버스는 해안도로를 따라 외곽지로 가는 노선이었고 골목 사이에 갱이나 탈주범, 은행강도, 마약상 따위가 살았다. 나이 든 기사들은 도심을 벗어나지 않았지만 어머니는 신경 쓰지 않았다. 강도들은 서민이 타는 버스를 노리지 않았다. 적어도 브라질 경제가 호황이던 1960년대에는 그랬다. 그러나 1972년 석유 파동 이후 상황이 변했고 강도와 마약상은 눈에 보이는 모든 걸 털어갔다. 어머니의 버스도 몇 번이나 털렸다.

어머니는 회사에 조치를 취해 달라고 했지만 무시당했다. 사장은 그녀를 의심했다. 요즘 버스 기사들이 강도들과 짜고 버스를 턴다는 소문이 있어. 다시 한번 털리면 잘릴 줄 알아! 어머니는 버스 기사 노동조합에 하소연했다. 이대로는 안 되겠어요. 뭔가 대책이 필요해요. 그러나 조합장은 어머니의 제안을 거절했다. 그랬다가 일이라도 터지면 다 조합 책임이 된다고. 그냥 가만히 있어! 조합이 조합원을 보호해야 되는 거 아니에요? 강도인지 조합원인지 알 게 뭐야!

어머니는 어린 시절 친구인 까막눈에게 총을 샀다. 싸구려 육연발 권총이었지만 성능에는 문제없었다.

미지와의 조우

해안도로 초입의 정류장에서 세 명의 남자가 올라탔다. 앞에 두 명, 뒤에 한 명. 강도가 분명했다. 어머니의 바로 뒤에 앉은 놈의 품 속에 총이 보였다. 어머니는 지체 않고 행동을 개시했다. 액셀을 힘껏 밟았고 사람들이 어지럼증을 느낄 때 급정거했다. 승객과 강도들이 나동그라졌다. 어머니는 총을 꺼내 바닥에 엎어진 강도 놈의 등을 쐈다. 반대편에 앉은 놈이 허리춤에서 총을 꺼내려고 허둥지둥하다 바닥에 떨어뜨렸다. 어머니는 그놈도 쐈다. 이마에 총구멍이 나며 버스 유리창이 와장창 깨졌다. 승객들이 비명을 질렀다. 남은 한 놈이 뒷문으로 내려 도망치기 시작했다. 어머니는 다른 놈이 떨어트린 권총을 줍고 마지막 강도를 쫓기 시작했다. 강도는 도로를 가로질러 해변으로 달려갔다. 발을 옮길 때마다 바삭바삭한 모래가 팝콘처럼 튀어 올랐다. 어머니는 양손에 들고 있는 총을 번갈아 가며 쏘았다. 버스의 승객들은 영화를 보러 온 관객처럼 창밖으로 고개를 내밀고 그 광경을 보았다. 파도 소리, 바람 소리에 묻혀 총소리는 들리지 않았지만 단조롭고 아름다운 해변을 가로지르는

정지돈

두 남녀의 모습은 똑똑히 보였다. 최후의 강도는 바닷속으로 뛰어들었다. 어머니는 파도 위로 솟아오른 사내의 등을 향해 마지막 한 발을 발사했다. 그때 남대서양 위로 우주선이 나타났다. 어머니와 승객들은 강도의 몸이 플랑크톤과 해수, 해파리들과 함께 우주선으로 빨려 들어가는 것을 보았다.

호세 파딜라는 스태프들과 청초호가 내려다보이는 물회집에 있었다. 스크립터는 그의 어머니 이야기를 다섯 번째 들었다. 이야기는 할 때마다 조금씩 바뀌어서 크게 지겹진 않았다. 조감독의 말에 의하면 진짜 있었던 일이 아니라 어느 소설에서 가져온 거라고 했다. 반면 L.A.에서 함께 온 매니저는 실제 있었던 일이라고 했다. 문제는 당시 남미 사람이라면 누구나 겪거나 들어본 적 있는 일이라는 거죠. 호세는 마지막 남은 물회를 씹으며 생각했다. 〈미지와의 조우〉는 내 재기작이 될 거야. 이건 대박이라고.

1화, 2화, 3화는 모든 기록을 깨고 있었다. 각국의 정보기관과 NASA, CERN, SETI 같은 곳들은 드라마를 일반인에게 공개하면 안 된다는 공문을 보냈다.

외계인과 드라마 작가 사이에 모종의 커넥션이 있음이 분명하다. 그렇지 않고서야 드라마의 내용과 현실이 이렇게 같을 수 없다. 그것도 흔한 현실이 아니라 인류 역사상 처음 있는 일인데 말이다!

그러나 호세 파딜라는 대본을 쓴 두 얼간이가 외계인과 관련 있을 거라고 생각하지 않았다. 그냥 흔한 상업영화의 멍청한 아이디어에 불과했다. 그렇다면 UFO가 착륙한 건 우연의 일치인가? 아니, 그럴 리 없다. 우연처럼 보이는 일에는 숨겨진 이유가 있다고 호세는 생각했다. 그건 바로 내가 이 영화의 감독이라는 사실이야. 코르코바도의 예수상을 처음 봤을 때 이런 일을 예견했어. 호세가 숀 최에게 말했다. 이건 운명이야. 숀 최는 마지막 남은 오징어순대를 삼키고 있었다. 무슨 말이에요?

이건 모두 현실이야, 그렇지? 창밖으로 하늘을 뒤덮고 있는 우주선이 보였다. 그리고 지금 이 순간을 만들고 있는 건 바로 나라고. 호세가 말했다. 숀 최는 고개를 끄덕였다. 그는 다른 생각에 빠져 있었다. 외계인은 정말 오징어처럼 생겼을까?

정지돈

나와 기호태가 두려움에 휩싸였음은 말할 것도 없다. 3화에서 실종자들이 돌아오는 신이 방영된 후 전 세계의 실종자들이 돌아왔고, 4화에서 유럽 전체가 블랙아웃 되는 신이 방영된 후 유럽 국가들과 교신이 끊겼다. 유럽은 완전한 어둠에 파묻혔고 다른 대륙에 연락하려면 비둘기라도 띄워야 할 지경이었다. 드라마의 제작 중단에 대한 요구와 시청률이 동시에 기하급수적으로 치솟았고 극단주의 테러집단, 사이비 종교 광신자들, 모사드와 CIA가 우리를 쫓기 시작했다.

방탄복과 샷건으로 중무장한 우르술라가 이송 작전을 진두 지휘했다. 우리는 경호원들에게 둘둘 말리다시피 한 상태로 검은색 밴에 태워졌다. 같은 차량이 다섯 대 더 있었고 우리가 올라타자 동시에 출발해 강변북로로 진입했다.

어디까지 썼어요? 노트북 챙겼어요?

네?

호세가 다음 화 대본을 기다리고 있어요.

5화 대본은 드렸잖아요.

다시 써요. 마음에 안 든대요.

117

왜요?

아무런 사건도 안 일어나잖아요!

일어나잖아요. 남길이 태리를 비롯해 친구들과 힘을 합쳐 사람들을 구출한다. 그게 메인이에요.

그런 거 말고. 진짜 사건 말이에요. 스펙타클한 거.

예를 들면?

우주인이 나타나서 각 나라의 수도를 공격한다.

그런 장면은 시놉에 없었어요.

지금 쓰면 되죠.

쓴다 한들 어떻게 찍어요? 일주일만에 촬영할 수 있어요?

우르술라가 우리를 빤히 쳐다봤다.

쓰면 일어날 거 아니에요. 그걸 촬영해서 방영하면 되죠.

기호태와 나는 순간 혼란에 빠졌다.

그게 순서가… 반대 아닌가?

이제 순서 같은 건 중요하지 않아요.

그때 한강 쪽에서 헬기가 날아오더니 우리가 탄 차량을 폭격하기 시작했다. 앞의 밴이 미사일을 맞고

118

정지돈

개구리처럼 뒤집혀 한강 공원으로 떨어졌다.

코!!

기호태가 깜짝 놀라 자신의 코를 움켜쥐었다.

Ins.

오슨 웰스의 〈바람의 저편The other side of wind〉은 시간 여행에 대한 SF 영화다. 오슨 웰스는 이 종잡을 수 없는 영화를 현실과 픽션의 경계 속에서 6년 동안 작업했지만 완성하지 못하고 심장마비로 죽었다. 〈바람의 저편〉에는 시나리오도 없고 콘티도 없고 컷도 없고 미장센도 없다. 모든 영화적 장치는 현실과 함께 작동한다. 영화가 언제 시작하고 언제 끝나는지 우리는 알 수 없다. 영화는 영원히 촬영되고 영원히 편집된다. 그러나 궁극적으로 이 영화는 코에 대한 영화다. 오슨 웰스는 자신이 출연한 모든 영화에서 코를 변형했다. 크고 어색한 코, 짧고 뭉툭한 코, 구멍이 세 개인 코, 눈이 달린 코, 사차원 코 등등…. 그는 말했다. 제 모습이 어색하게 여겨진다면 그건 코 때문입니다. 시간 여행이 가능하다면, 그건 오로지 코의 관점에서 그렇습니다. 외계인을 만나면 가장 먼저 코를 확인하세요. 그들에게 만약 코가 있다면….

　미국을 중심으로 구성된 글로벌 방위기구에서 나와 기호태의 수배령을 내렸다는 소식을 들었다. 호세는 영화를 7화까지는 촬영했지만 방위기구에게 납치됐고 멕시코만 근처의 지하 백 미터 깊이에 있는 방공호에 감금당했다. 넷플러스는 7화를 방영하지 말라는 압박을 받고 있지만 지지자들과 함께 맞서 싸우는 중이었다.
　7화는 방영될 거예요.
　우르술라가 말했다. 우리는 위치를 알 수 없는 벙커에 있었다. 콘크리트로 사방이 덮여 있고 철골 구조물이 듬성듬성 보였다. 테이블과 조명, 노트북이 있으니 인더스트리얼풍 카페 같기도 했다. 우르술라가 가지고 온 과테말라산 원두로 드립 커피를 내리자 벙커 전체에 커피 향이 퍼졌다. 나와 기호태는 두툼한 담요를 덮고 커피를 홀짝홀짝 마셨다. 여름인데도

서늘한 기운이 돌았다.

문제는 다음 화예요. 호세도 없고 넷플러스도 위태로워요. 그렇지만 여러분이 걱정할 문제는 아닙니다. 제가 PD니까 다 해결할게요. 두 분은 대본만 써주시면 됩니다.

이 판국에 대본을 써야 돼요? 대통령이나 국방부, 펜타곤 같은 곳하고 의논이라도 하고 써야 되는 거 아니에요?

예술을 국가의 통치 아래 두고 싶어요?

네?

그렇게는 할 수 없죠!

기호태가 분통을 터뜨렸다. 우리는 우리가 하고 싶은 이야기를 할 자유가 있어요. 그렇지 않나요?

그렇긴 한데… 그…런가?

어쨌든 대본만 넘겨주면 촬영은 가능하다는 거죠? 기호태가 말했다.

네. 우르술라가 대답했다. 촬영은 제가 할 겁니다. 이걸로.

그녀가 아이폰12를 보여줬다. 그리고 다크웹을 통

미지와의 조우

해 전 세계로 퍼트릴 거예요. 그러니까 어서 쓰세요!

우르술라가 벙커에서 나가고 난 뒤 기호태와 나는 대본 회의를 시작했다. 처음과는 방향이 완전히 달라졌지만 그래도 회의는 해야 했다. 하지만 진짜 문제는 이 드라마의 대본을 정말 써야 하냐는 것이다. 왜 이걸 계속 써야 하지? 돈 때문에? 돈은 이미 많이 벌었다. 드라마의 완성도 때문에? 그런 건 애초에 포기했다. 시청자들의 요구 때문에? 이건 조금 무섭다…. 지구 평화 때문에? 쓰는 게 지구에 도움이 될지 쓰지 않는 게 도움이 될지 판단이 되지 않는다….

써야죠. 기호태가 말했다.

그의 눈이 희번덕거리는 게 보였다. 우주선이 착륙한 뒤로 그가 점점 광기에 휩싸여 가는 게 느껴졌다. 사실 이후의 대본은 모두 그가 쓴 것이나 다름없었다. 나는 두려움, 공포, 걱정, 회의 등등으로 한 글자도 쓸 수 없었다.

좋은 시나리오로부터 나쁜 영화가 만들어지는 경우도 있다. 그러나 어떠한 일이 있어도 나쁜 시나리오로부터 좋은 영화가 만들어지는 경우는 없다.

정지돈

이타미 마사쿠의 영화 헌법 1조. 기억하시나요? 기
호태가 말했다.

기억해요.

영화를 세상으로 바꿔보세요.

흠… (무슨 말이지…)

기호태는 어느새 테이블에 앉아 키보드를 두드리
고 있었다.

남길과 태리, 다래가 탄 보트가 우주선 안으로 빨
려 들어간다. 우주선에서 광선이 뿜어져 나오고….

기예르모 델 토로는 열다섯 살에 이미 지금과 같은
사태를 예견했다. 그는 과달라하라에서 샌타테레사로
가는 150번 연방고속도로에서 처음 UFO를 봤다고
제임스 카메론과의 인터뷰에서 말했다. 뭐래…. 카메
론은 알 만한 사람이 왜 이러냐고 했다. 지금 당신과
하는 인터뷰는 AMC에서 제작하는 블록버스터급 다
큐멘터리예요. 그런데 십 대 때 UFO를 본 따위의 이
야기나 할 겁니까. 컷! 카메론이 외쳤다. 그때 델 토
로가 퉁퉁한 손을 내밀어 카메론의 손목을 잡았다.

정말 이 이야기가 궁금하지 않으세요?

이야기는 이랬다. 델 토로와 그의 친구 안달루시아는 캔맥주를 잔뜩 사 들고 데킬라 화산을 가로지르는 고속도로로 갔다. 술 마시기 좋은 스팟이 있거든요. 분화구 너머 지는 석양을 보는 것도 좋지만 가장 흥미로운 건 도깨비불 현상입니다. 인적도 마을도 없는 언덕 부근에 특정 시간만 되면 섬뜩한 황색 섬광이 떠다녀요. 그건 일반적인 불빛이 아닙니다. 광선이 응고되어 움직이는 것 같은 모습이죠. 사람에 따라 목소리를 듣는 사람도 있어요. 알 수 없는 존재가 라틴어를 중얼거리는데, 일반인이 들을 수 있는 음역대가 아니라고 합니다. 그래도 뇌 속에 뭔가가 기록되긴 하죠. 서서히 우리를 망가뜨리는 겁다…. 과달라하라 출신들은 모두 아는 기현상이에요. 누군가는 UFO가 아니냐고 하는데, 그건 아닐 거예요. 단지 사람들이 음모론을 품게 만드는 기이한 자연현상에 불과하죠. 가이아의 문제랄까? 진짜 사건은 그날 저와 안달루시아가 보닛 위에서 맥주를 마실 때 일어났습니다. 어두컴컴한 고속도로 끝에서 우윳빛 형체가 보이더군요. 그걸 보는 순간 내면 깊숙한 곳에서 올 게 왔구나, 라는 음성이 들렸어요. 자동차나 사람이야, 서치 랜턴을 들고 있구만 같은 말을 중얼거렸지만 감당할 수 없는 현실을 부정하기 위해 지껄인 말에 불과했죠. 안달루시아가 저건 좆도 아니야, 라면서 자동차의 라이트를 켜고 경적을 울렸습니다. 아마 그도 너무 두려웠기 때문에 그랬을 겁니다. 경적이 울리자마자 우윳빛 비행 물체가 우리 앞으로 다가오더군요. 시간과 공간을 납땜질한 것처럼요. 그들과 우리의 경계가 녹아내리면서 거리가 소멸한 겁니다. 이동이나 움직임이 아니라요. 웅웅거리는 소리, 어디선가 소다 냄새 같은 게 났어요. 우주선은 지나치게 촌스러운 디자인의 원반형 비행 물체였습니다. 저는 확신했어요. 외계인이 분명해. 외계인이 아니라면 이렇게 촌스러운 디자인일 리 없어! 그땐 1979년이었으니까요. 〈스타워즈〉와 〈에일리언〉으로 디자인이 정점에 달한 시기였어요. 아무튼 그때 외계인들이 제게 메시지를 전했습니다.

기예르모 델 토로의 손에 힘이 들어갔다. 제임스

카메론은 자신의 손목이 축축하게 젖는 걸 느꼈다. 손목시계에 물 들어가겠어, 이 사람아. 이제 그만 놓지 그래.

카메론: 무슨 메시지였나요?

델 토로: 제가 영화를 찍는 건 그때 받은 메시지 때문이에요.

카메론: 그래서 무슨 메시지였냐고요. 그 메시지는 어떻게 받았나요? 말로 하던가요, 텔레파시로 하던가요? 아니면 쪽지라도 건네줬나요? 물론 영어가 아닌 스페인어였겠죠?

기예르모 델 토로의 몸에서 강렬한 열이 방출되고 있었다. 그의 안경이 습기로 뿌옇게 차올랐다. 카메론은 한증막에라도 온 것 같은 더위를 느꼈다. 뭔가 잘못되고 있어.

델 토로: 영화가 곧 현실이 될 거라더군요.

카메론: 외계인들이요?

●●

델 토로: 외계인… 그들에겐 우리가 외계인이죠.

기호태는 한시도 노트북 앞에서 떠날 생각을 하지 않았다. 의자에 앉아 양손을 키보드에 올린 채 잠이 들었다. 나는 그가 또 명상과 집필을 함께하는 건 아닐까 싶어 코 아래 거울을 대어서 확인했다. 거울에는 아무런 흔적이 남지 않았다. 다시 말해 기호태는 숨을 쉬지 않았다. 하지만 놀랄 일은 아니다. 그는 잘 때 코가 아닌 입으로만 숨을 쉰다고 했다. 나는 아주 천천히 전원을 분리하고 노트북을 빼냈고 그의 손 아래 노트북과 비슷한 높이의 책을 받쳤다. 으음… 기호태가 허공에서 손가락을 움직였다. 등골이 오싹했다. 타닥타닥. 그의 손가락이 양장본의 표지 위에서 달싹거렸다. 꿈에서도 대본을 쓰고 있군. 대단해. 인정. 나는 벙커의 구석에 쭈그리고 앉아 노트북을 켜고 대본을 확인했다. 대본은 결말을 향해 질주하고 있었다. 기호태의 손에 인류의 3분의 2가 죽었고 대륙의 절반 이상이 물에 잠겼으며 문명은 신석기 시대로 돌아갔다. 대체 무슨 일이 일어나고 있는 거야. 나

미지와의 조우

는 손을 떨며 스크롤을 내렸다. 이 모든 일이 실제라고 생각한다면…. 나도 모르게 백스페이스로 손가락이 갔다. 그러나 지울 수 없었다. 기호태가 쓴 대본은 너무 훌륭했다. 원래 우리가 기획한 시놉시스와는 전혀 다른 내용이 되었지만 전개에 어색함이나 막힘이 없었다. 주인공이자 극동아시아의 자경단원인 남길은 행위자가 아니라 목격자였다. 그의 딸 다래의 실종은 인류 전체의 실종에 대한 은유였다. 기호태가 쓴 시나리오에 의하면 인간들은 당할 일을 당한 거였다.

이걸 어쩌지. 머리를 싸매고 고민하고 있는데 어쩐지 싸늘한 기운이 느껴졌다. 정신을 차리고 보니 기호태가 눈을 뜨고 나를 빤히 쳐다보고 있었다. 나도 모르게 노트북을 품에 안고 주춤 뒤로 물러섰다.

다가오지 마.

노트북 이리 주세요.

기호태가 말했다.

너무 많이 나갔어요. 우리 잠깐 회의 좀 해요.

저는 이야기의 흐름대로 쓴 것뿐이에요.

지금 이대로면 사람들이 죽어요. 그걸 원해요?

정지돈

사람들 따위 제가 알 바 아니에요. 우리가 힘없고 가난한 작가일 때 그들이 신경이나 썼나요?

기호태가 두 손을 뻗고 조금씩 다가왔다.

그건 그렇지만…. 등 뒤에 차가운 콘크리트 벽이 느껴졌다. 외계인의 촉수처럼 길쭉한 기호태의 손가락이 꿈틀거리며 다가왔다.

켄지로와 무바를 생각해 봐요!

내가 절박한 심정으로 외쳤다. 모든 사람들이 그들을 대본에서 빼라고 했잖아요. 그게 옳았나요?

다가오던 기호태의 걸음이 멈췄다. 무바…. 그가 손을 들어 자신의 코를 만지작거렸다.

오슨 웰스 최후의 미완성작 〈돈키호테〉가 어떻게 끝나는지 아세요? 수소 폭탄이 폭발해서 돈키호테와 산초 판자만 살아남고 모두가 죽는 거예요. 그가 〈돈키호테〉를 완성하지 못한 건 이 장면을 실제로 찍어야 한다고 고집했기 때문이죠…. 진짜 수소 폭탄을 터뜨려야 한다고 말이에요….

그때 벙커 전체가 흔들리기 시작했다. 천장에서 우수수 하고 먼지가 떨어졌다.

미지와의 조우

무슨 일이지?

진동은 금방 격렬해졌다. 기호태와 나는 휘청거렸다. 드릴로 땅을 부수는 것 같은 굉음이 들렸고… 쾅! 하는 폭파 소리가 났다. 나는 정신을 잃었다….

#40 동명항 앞 바다 / day for night

글로벌 방위기구의 모든 장비가 무력화된 상황,

바다 위에는 힘을 잃고 떨어진 미사일들이 둥둥 떠 있다.

망연자실한 표정으로 우주선을 바라보는 사람들…. 모든 희망을 포기한 상태….

우주선에서 섬광이 번쩍하며 공간과 시간이 한 점으로 빨려드는 느낌이 들고….

정신을 차려보면 흔적도 없이 사라진 우주선….

대신 해변에는 낯선 동물들이 가득하다.

1949년 메르커리-레드스톤 2호 탑승, 앨버트 2세 (원숭이).

1957년 스푸트니크 2호 탑승, 라이카(개).

정지돈

1959년 주피터 AM-18호 탑승, 에이블(붉은털원숭이), 베이커(다람쥐원숭이).

1960년 스푸트니크 5호 탑승, 스트렐카(개), 벨카(개).

1993년 48마리의 쥐, 1998년 쥐, 귀뚜라미, 개구리, 뱀, 물고기, 1996년 원숭이, 도롱뇽, 2005년 달팽이, 전갈, 도마뱀붙이, 2007년 나데즈다(바퀴벌레).

이미 우주 실험으로 죽었어야 할 동물들이 멀쩡하게 돌아와 백사장 위를 돌아다니고 있다.

라이카가 멍하니 서 있는 남길 앞으로 달려와 혀를 내밀고 헥헥 숨을 쉰다.

라이카를 품에 꽉 껴안는 남길.

그의 눈에서 눈물이 흐르기 시작한다.

The end

파도 소리가 자장가처럼 포근하게 귓전을 울렸다. 나는 침대 위에 누워 있는 것처럼 포근함과 따스함을 느꼈다. 볼에 닿는 바람은 부드럽고 섬세했다. 눈을 뜨니 백사장과 바다가 보였다. 옆에는 스윔 팬츠에 체크무늬 셔츠를 입은 기호태가 무릎 위에 노트북을 올려놓고 대본을 쓰고 있었다.

잘 잤어요?

기호태가 말했다.

어떻게 된 일이죠?

기절한 지 한참 됐어요.

고개를 돌려보니 멀리 떨어진 곳에서 영화 촬영이 진행 중이었다. 선글라스를 낀 호세가 있었고 뒤편에는 우르술라와 기예르모 델 토로가 팔짱을 끼고 현장을 지켜보고 있었다.

라스트 신 촬영 중이에요.

기호태가 노트북을 건넸다. 나는 대본을 확인했다.

이건… 좋은 결말이네요.

그렇죠. 조금 비현실적이긴 하지만 이런 일도 있을 수 있으니까요.

✦ 이 소설을 쓰기 위해 다음의 작품을 인용 또는 참고했다.

〈바람의 저편〉, 오슨 웰스, 1972.

〈오슨 웰스의 마지막 로즈버드〉, 모건 네빌, 2018.

《복안의 영상》, 하시모토 시노부, 소화, 2012.

《무한으로 가는 안내서》, 존 D. 배로, 해나무, 2011.

《제임스 카메론의 SF 이야기》, 제임스 카메론, 아트앤아트피플, 2020.

《일은 소설에 맡기고 휴가를 떠나요》, 러셀 뱅크스 외, 홍시, 2015.

〈미지와의 조우〉(미발표), 심부름꾼 소년.

〈무질서〉(미발표), 오한기.

미지와의 조우

릴리의 손

조예은

텔레파시와 핸드스파

◆

매일 밤 꿈을 꾼다. 가벼워지고, 붕 떴다가… 점점 멀어지는 꿈. 나는 뭔가에 부딪혀 튕겨나가고, 정신을 차리면 침대 위다. 언제부터 이 꿈을 꾸기 시작했더라?

눈을 세 번 깜빡인다. 몽롱했던 정신이 선명해지는 순간, 연주는 이 질문이 부질없다는 사실을 떠올렸다. 매번 이런 식이었다. 잠에서 깨어날 때마다 의미도, 답도 없는 지겨운 질문을 반복한다. 자신에게 '언제부터'는 하나도 중요하지 않은데.

릴리의 손

연주의 기억이 존재하는 시점은 명확했다. 꿈을 꾸기 시작한 시점도 역시 명확하다. 그가 기억하는 한, 기억의 시작과 동시에 꿈은 늘 함께였으므로. 연주의 기억은 장면이나 소리보다는 감각으로 시작된다. 그러니까, 가벼워지고, 붕 떴다가 점점 멀어져서⋯ 추락하는 감각. 눈이 시리게 빛나는 헤드라이트와 뺨에 닿은 시멘트 바닥의 거칠고 차가운 느낌, 자신의 안쪽에서 흘러나오는 붉은 피 같은 것. 꼭 죽은 것처럼 태어나버린 그 순간.

책임 소재가 분명한 사고였다. 새벽 네 시 반경, 운전자는 만취 상태로 도로를 달렸고 어째서인지 그 시간에 홀로 있던 연주를 치었다. 운전자가 그대로 도망치지 않고 구급차를 부른 게 다행이라면 다행이었다. 연주는 수술을 거친 이후에도 한참을 깨어나지 못했다. 몸을 움직이게 하는 이음새 곳곳이 망가졌다고 한다. 그나마 머리를 부딪힌 것 이외에 치명상은 없었기에 생명에 크게 무리가 가지는 않았다.

사고를 조사하는 과정에서는 한 가지 이상한 점이 발견되었다. 당시 운전자의 블랙박스나 근처의 모든

CCTV가 먹통이었다는 점이다. 사고 지점을 기점으로 반경 1킬로미터 이내의 모든 화면들이 무채색으로 버벅거렸다. 그 때문에 무엇이 어떤 보호 작용을 해서 연주가 살아남았는지는 끝내 알 수 없었지만, 어쨌든 연주의 생존은 기적에 가깝다고 했다. 또한 운전자의 과실도 너무 명확하여 사건은 깔끔하게 정리될 것이라고도 했다. 모든 건 당시 사고를 조사하던 담당 형사가 전해준 내용이었다.

하지만 사건이 끝난다고 문제가 사라지는 것은 아니다. 어떤 문제는 그때부터 시작되기도 한다. 사고 이전 연주의 기억은 단 하나의 이름을 제외하고는 전무했다. 남들은 그가 교통사고로 죽을 뻔했다던데, 연주 자신은 꼭 그 교통사고로 인해 다시 태어난 것만 같은 기분을 느꼈다. 굳이 태어나지 않았어도 되는 삶을 말이지.

병실에서 눈을 뜨자마자 든 생각은, 비어버렸다는 것이다. 숨이 막힐 만큼 불쾌하고 허무했다. 내용물이 밖으로 지저분하게 흘러버린 주스 팩이 된 듯한 기분. 가지고 있던 걸 다 잃어버려서 볼품없는 껍데

릴리의 손

기만 남은 것 같았다. 그런데 우습게도 잃어버린 게 무엇인지조차 기억나지 않는 것이다. 머릿속에 맴도는 정보는 단 하나의 이름이었다. 연주. 이름이 뭐냐고 묻는 형사의 질문에, 연주는 자신이 연주라고 답했다. 당시 입고 있던 옷에서도 Y, J라고 수놓아진 손수건이 나왔다. 형사는 고개를 끄덕이며 이름을 받아적었다.

"나이는? 기억하는 걸 다 말해 보세요. 그래야 돌아갈 수 있죠."

대충 스물둘셋 즈음이라고 답했지만 그마저도 확실치 않았다. 거울로 본 자신의 모습은 누가 봐도 성인에 가까워 보였으니까. 그 이상은 입을 뗄 수 없었다. 그보다 돌아간다니, 어디로 돌아간다는 말인가? 갈 곳을 모르는데. 있던 곳이 어디인지, 여기가 어디인지도 모르겠는데. 내가 누구인지도 모르겠는데. 애초에 돌아갈 곳이 있기는 했을까?

실종 신고 명단의 인적 사항을 뒤지고, 여러 방면으로 수소문을 해보았지만 연주를 아는 사람도, 찾는 사람도 없었다. 신분증도, 면허증이나 학생증도, 병

원 기록조차 없었다. 당시 사고를 낸 운전자는 증언
했다. 깜빡, 하고 눈을 감았다 뜨니 저 애가 도로 한
가운데에 덩그러니 서 있었다고. 잘못된 장소에 복사
붙여넣기 된 이미지처럼. 놓여서는 안 될 곳에 놓인
정물처럼. 물론 당시 혈중 알코올 농도가 0.2퍼센트
였던 운전기사의 말은 별 효력을 가지지 못했다.

　모든 순간은 희미하고 빠르게, 또 가차 없이 지나
갔다. 연주는 정말 갓 태어난 인간처럼 모르는 게 많
았다. 에어컨 온도를 어떻게 조절하는지, 이 물건은
어떻게 사용하는 것이고 저 단어의 뜻은 무언인지.
그런가 하면 다른 사람들이 알아들을 수 없는 아주
낯선 단어나 말투를 쓰기도 했다. 전혀 다른 세계에
서 넘어온 인간 같았다.

　받아들이고 학습해야 할 정보는 끝이 없었다. 몸
은 아프고 머릿속은 빼곡했다. 그는 텅 빈 내부를 어
떻게든 채우기 위해 병원 내에 비치된 책이나 잡지를
닥치는 대로 읽었고, 간병인과 사회복지사를 귀찮게
굴었다. 연주가 미쳤다고 말하는 사람도 있었지만 그
런 말은 하나도 신경 쓰이지 않았다. '차라리 미친 거

릴리의 손

였으면 좋겠네.' 하고 무시하면 그만이었다. 정말로 무시할 수 없는 것은 공허함이었다. 강박적으로 뭔가에 집중하지 않으면 집요하게 고개를 들이미는 공허함. 의사는 아마도 그것이 상실한 대량의 기억 때문일 것이며, 교통사고로 인한 기억상실 증상은 드라마에 소재로 쓰일 만큼 생각보다 흔한 일이고, 시간이 지나 기억이 하나둘 돌아오면 다 괜찮아질 것이라고 말했다. 모든 게 다 지금보다 나아질 것이라고. 하지만 끝내 사고 이전의 기억들은 돌아오지 않았고, 알 수 없는 기시감과 우울에 시달리는 밤이 이어졌다.

연주가 병원에 있는 동안 회복시켜야 할 것은 부서진 몸만이 아니었다. 이미 눈떠 버린 세상에서 살아가기 위한 최소한의 울타리를 새로 구축해야 했다. 복지사의 도움을 받아 신분증을 발급받고 건강보험이라는 걸 들었다. 기간이 맞아 본 검정고시는 다행히 어렵지 않게 합격했다. 그렇게 목발 없이 두 발로 걸을 수 있게 되고, 몸 상태가 정상으로 돌아오기 시작하자 또 다시 새로운 문제가 생겨났다. 돈이라는

조예은

문제였다.

조각난 뼛조각들을 이어 붙이는 데 든 수술비와 입원비, 두 발로 걸을 수 있게 될 때까지 든 재활 치료비, 그리고 그 밖의 자잘한 약값과 생활비까지. 많은 부분을 가해자인 운전사의 가족이 부담했지만, 그럼에도 한계는 있었다. 무엇보다 당장의 생활비와 퇴원 이후의 주거를 해결해야만 했다. 연주는 보호자가 없었고, 보다 특수한 경우였으므로 몇몇 국가 기관과 자선 단체의 도움을 받을 수 있기는 했으나 결국 물리적인 빚을 지게 되었다.

은행에서 소량의 생활비 대출을 받은 날, 연주는 홀로 붕 떠 있던 세상에 비로소 자신이 착지했다고 느꼈다. 사고로 인해 태어난 그는 빚의 무게로 인해 이 땅에 발을 딛고 서게 된 것이다. 딱히 슬프다거나, 원망스럽지는 않았다. 아마도 이 모든 게 현실이 아닌 것만 같아서겠지. 금방이라도 눈을 감았다 뜨면 이곳이 아닌 곳, 원래 있던 어딘가로 돌아갈 수 있을 것만 같았다. 그곳이 어디인지는 모르지만… 이곳이 아니라는 건 확실했다. 모든 건 그저 기분이었음에도

릴리의 손

그랬다. 연주는 생각했다. 언젠가는, 돌아갈 수 있을 거라고. 어디로든, 어디로든.

그리고 매일 밤 꿈을 꾼다. 가벼워지고, 붕 떴다가… 점점 멀어지는 꿈. 처음에는 사고 당시의 기억인 줄 알았다. 정신을 차리면 매번 침대 위에서 식은 땀과 함께 눈물을 흘리고 있었다. 연주도 스스로가 우는 이유를 몰랐다. 슬플 게 뭐 있다고. 차라리 사고의 후유증으로 인한 신체적 고통 때문이라면 이해가 갔다. 그게 아니라면 왜지? 애초에 가지고 있던 것이 없으니 잃은 것도 없고 안타까움을 느낄 것도 없었다. 그런데 매일 밤, 눈물이 난단 말이지. 몸이 가벼워지고 붕 뜨는 순간, 연주는 자신을 지탱하던 뭔가가 떨어져 나가는 기분을 느낀다. 이쪽이 아닌 다른 세계와 자신을 이어주던 동아줄이 싹둑 끊겨 버리는 기분을. 끔찍한 단절의 감각을. 그리하여 아주 낯선 곳에 떨어지게 되는 절망감을.

입원해 있는 동안, 한번은 몰래 병실에서 나와 사고 현장에 갔었다. 사고 당시 입었던 옷을 입고, 신발

조예은

을 신고서 비가 내리는 도로의 갓길을 걸었다. 간혹 차들이 빠르게 지나갔고, 헤드라이트 불빛에 심장이 덜컹였지만 멈출 수는 없었다. 자신이 한 번 죽었던, 그리고 또 다시 태어난 현장을 두 눈으로 확인해야만 했다. 가봤자 볼 수 있는 건 칙칙하고 금이 간 시멘트 바닥뿐일 텐데 무슨 마음이었을까. 빗물에 입고 있던 검은 바짓단이 젖어들었다. 이상한 나라에 떨어진 앨리스가 된 기분이었다. 이상한 나라의 앨리스. 그런데 이 동화 이야기를 누가 해줬더라.

'처음 이곳에서 눈떴을 때, 이상한 나라의 앨리스가 된 것 같았어. 그런데 우습게도 그게 뭐였는지 기억이 안 나는 거야. 말이 안 된다는 거 알아. 아무것도 모르면서 다짜고짜 그런 생각을 하다니.. 그런데 정말 그랬어.'

낯선 목소리가 귓가를 스치고 지나갔다. 연주는 자리에 멈춰 서서 주위를 둘러보았다. 시멘트 울타리의 잡초 사이로 희끄무레한 뭔가가 눈에 띈 것은 바

릴리의 손

로 그때였다. 버석한 연갈색의 식물 줄기들 사이로, 살아있는 형체가 움직이고 있었다. 연주는 천천히 그 앞으로 다가갔다. 비 때문에 시야가 흐렸으나, 점차 형체가 눈에 들어왔다. 털이 없었고, 오랫동안 바깥에서 구른 듯 자잘한 상처가 많았으며 다섯 갈래로 나눠져 움직이는 하얀…

손목. 손목이었다.

✦

세상 곳곳에 '틈'이 벌어지기 시작한 것은, 대략 한 세기 전부터라고 추정된다. 말 그대로였다. 흰 종이 두 장을 겹쳐 놓고 한가운데를 커터칼로 죽 그으면 두 장 다 칼집이 남는 것처럼, 서로 마주할 일 없는 세상과 세상, 차원과 차원 사이에 '틈'이 벌어졌다. 그러니까 2085년과 2107년을, 2099년과 2195년을, 2123년과 2100년을 연결하는 구멍이 생겨버린 것이다.

최초의 '틈'이 벌어졌다고 기록된 시기는 2075년, 한때 서울이라고 불렸던 도시의 외곽 아파트 촌에 위치한 베이지색 대리석 건물의 3층 핸드스파 숍이었다. 네 명의 직원과 다섯 명의 고객, 그리고 핸드스파 숍의 사장이자 건물주였던 쉰여덟 살 노인이 '틈'이 벌어지던 순간을 목격했다. 커터칼로 지면을 가르듯이 허공에 기다랗고 검은 선이 생겼고, 누군가 양쪽에서 강제로 당기는 것처럼 시공간이 일그러지며 선이 넓어졌다. 그날, 홀린 듯이 '틈'의 사이로 손을 뻗었던 쉰여덟 살 노인은 '틈' 너머로 사라져 영영 돌아오지 못했다고 전해진다.

이후로도 그런 식으로 사라지거나 운 나쁜 죽음을 맞이하는 이들이 출몰했다. 한 번 벌어진 '틈'은 짧게는 오 분, 길게는 하루 정도 벌어져 있다가 알아서 닫히고는 했는데, 틈이 닫힐 때 그 근처에 서 있거나 경계를 넘고 있던 경우에는 고강도의 힘이 밀집되어 날카롭게 벼려진 단면에 신체가 절단되는 사고를 입거나 심한 경우 죽음을 맞이하기도 했다.

"그 노인은 어떻게 되었을까? 최초로 틈을 넘은 실종자. 그때는 우리 같은 이방인 케어 담당 팀도 없었

릴리의 손

을 텐데."

"뭐… 외롭게 떠돌다가 죽었겠지. 불쌍하게도."

"역시 그럴까? 이름이 같아서 그런지 좀 신경 쓰여."

2195년, 릴리와 연주가 하는 일은 바로 그런 '틈'을 넘어온 사람들, 즉 이방인들을 구조하고 사고를 당한 현장을 정리하는 일이었다. 한 번 '틈'이 생긴 곳은 다시 틈이 벌어질 가능성이 높았기에, 모든 현장은 두 명 이상의 팀으로 움직이는 게 기본 방침이었다. 연주는 입사 5년차, 릴리는 3년차로 작년 초부터 함께 팀이 되어 꽤 좋은 팀워크를 발휘했다.

이방인들은 순간적으로 발생하는 이상 에너지의 압박으로 여러 부작용을 겪는다. 그중에서도 제일 흔하게 발생하는 건 기억의 상실이었다. 대부분 자신이 누구인지, 나이나 이름, 가족을 포함하여 살아온 흔적들을 모두 잊었다. 어차피 한 번 틈을 넘어온 이상 살던 곳으로 다시 돌아갈 방법은 없었기에 잊는 게 더 낫다고 말하는 이들도 있었다. 모든 걸 온전히 기억하는데 돌아갈 수 없다면, 그것대로 견디기 힘든

조예은

비극이니까. 그런 이방인들을 구조하고 이후의 삶을 지원하는 게 바로 릴리와 연주의 일이었다. 하지만 잊는 게 낫다는 건, 겪어보지 않은 이들이 함부로 내 뱉으면 안 되는 말이라고 릴리는 생각했다. 그건 정말, 모르고 하는 말이라고.

이방인들은 새 신분과 이름을 발급받은 후, 교육을 듣고, 지식과 언어를 익혔다. 그들을 위한 지원금이 나왔고 이쪽 삶에 완전히 적응할 때까지 머무를 기숙사도 제공되었다. 하지만 그럼에도 불구하고 이곳에서 처음부터 다시 시작하는 삶을 버티지 못하는 이들이 더 많았다. 어쩔 수 없는 일이었다. 한 인간의 안쪽을 채우던 것들이 한순간에 증발했는데, 무언가 잘못되었음을 느끼지 않는다는 게 더 이상한 일이었다.

이방인들은 평생 누군지도 모르는 사람을 그리워하곤 했다. 얼굴조차 모르는 누군가를 두고 왔다는 생각에 죄책감을 느끼기도 했다. 그리고 더 나아가서 그들을 기억하지 못하는 스스로를 경멸했다. 흰 종이에 연필로 쓴 글을 지우개로 지운다 해도 자국이 남듯이, 사라진 기억은 흐릿한 자국을 남겼다. 운 좋게

릴리의 손

새 가족을 이루거나 사랑하는 이들을 만나 그 공허를 극복하는 이들도 있었지만, 어쨌든 '이방인'들의 삶은 대체적으로 외로웠다.

외로운 이들을 지속적으로 상대해야 하는 연주와 릴리 역시 직업병처럼 사소한 계기로 인해 쉽게 우울에 잠식되고는 했다. 그리고 언제나, 그 우울을 이겨낼 수 있게 해주는 것은 연주와 릴리 서로였다.

"그때, 팀 회식 끝나고 벙커로 돌아가기 직전에. 네가 갑자기 고백하고는 내 뺨에 뽀뽀했어."

"아니지. 네가 취해서 잘 기억 못하는 거 아니야? 네가 먼저 뺨을 붙잡아서 내가…"

누가 먼저 고백했는지에 대해서는 말이 갈린다. 하지만 둘 다 그다지 신경 쓰지는 않았다. 가끔 일부러 말싸움이 필요할 때, 혹은 시답잖은 일로 티격태격하고 싶을 때나 굳이 꺼내는 주제였다. 그날도 그랬다. 2200년이 얼마 남지 않은 지금까지도 사내 연애는 여러 가지로 피곤한 후기를 몰고 오는 탓에 둘은 아슬아슬한 사내 비밀 연애를 유지 중이었다. 평화롭고 느린 주말이었다. 릴리는 연주의 벙커 침대에 누워

조예은

군것질을 하며 시시콜콜한 잡담을 나누고 있었다. 릴리가 기억하기에는 분명, 연주가 먼저 입을 맞췄는데 장난인지 진심인지 연주는 시치미를 뗐다. 그 태연함에 자신의 기억이 진짜인지 의심이 가기 시작할 무렵 중앙으로부터 긴급 호출이 떨어졌다.

〔7구역 23-1에서 중형 틈이 발생하였습니다. / 담당이던 9번 팀이 부재중이므로 8번 팀 임시 출동 바랍니다. 빠른 상황 보고 부탁드립니다.〕

릴리는 다짜고짜 욕했고, 연주는 차분히 몸을 일으켰다.

"휴일에 무슨 날벼락."

"우리 일이 이런 걸 어쩌겠어. 그래도 이번 달 월급은 좀 많겠다."

연주가 다가와 나가자며 릴리를 일으켰다. 릴리는 입술을 삐죽이며 바닥에 아무렇게나 던져둔 유니폼 재킷을 걸쳤다. 연주의 손이 릴리의 손을 붙잡았다. 보통의 손보다 좀 더 차갑고, 묘하게 매끄러운

●●

릴리의 손

손. 마디 마디의 굴곡이 더욱 선명히 만져지는 손. 릴리가 배시시 웃었고, 연주는 유니폼과 세트인 모자를 쓴 뒤 방문을 밀었다. 유선형의 새하얀 복도가 그들을 반겼다. 릴리는 한발 앞서 가는 연주의 뒷모습을 보며 그가 사랑스럽다고 생각했다. 그리고 그와 동시에, 입사하고 얼마 되지 않아 사수에게 들었던 이야기를 떠올렸다.

"그러니까, 연주는 사실…"

✦

퇴원 이후에 연주는 더더욱 갈 곳을 잃었다. 사고 당시부터 도와주었던 형사와 복지사의 도움으로 당분간 복지원에 머무를 수 있었지만, 그마저도 일 년 남짓이었다. 얼핏 알아본 도시의 주거비용은 가늠이 되지 않을 정도로 터무니없었고, 그는 살아가기 위해 밀물처럼 쏟아지는 병원 밖의 정보들까지도 흡수해야만 했다.

그 과정에서 좋은 사람도, 나쁜 사람도 많이 만났다. 좋고 나쁘고를 나누는 기준은 명확했다. 자신에

조예은

게 조금이라도 도움을 주면 좋은 사람, 그렇지 않으면 나쁜 사람. 도움은 물질적이기도, 정신적이기도 했다. 그렇게 결과론적으로 구별할 수밖에 없었다. 누군가는 좋은 사람인 줄 알았는데 나빴고, 누군가는 나쁜 사람인 줄 알았는데 좋은 사람이었다. 이상한 세상에 잘못 떨어진 기분. 계속해서 그날 귓가를 스친 목소리를 떠올려 보았지만, 무엇도 선명해지지 않았다.

복지원에서 나와 연주가 향한 곳은 대학가의 범위 안에 있으나 대학과 그리 가깝지 않은 낡은 여성 전용 고시원이었다. 연주는 창문이 없는 제일 작은 방에 머무르며 아르바이트를 했다. 주기적으로 연락을 주고받는 복지원 사람들의 추천을 받아 국비 지원이 되는 학원에 등록했고, 이런저런 기술도 익혔다. 일을 하고, 학원에 다니고, 생활을 꾸리며 어떻게든 살아가는 와중에도 뭔가 빠뜨린 것 같다는 생각은 떠나지를 않았다. 아주 중요한 뭔가를 잊어버린 기분. 앞으로도 이렇게 모호한 상태로 살아간다고 생각하면 모든 게 부질없이 느껴지곤 했다. 주기적인 우울이 찾아왔고,

릴리의 손

그 우울을 극복하기 위해 사람을 만났다. 그 사람으로
인해 치유받기도, 더 상처를 받기도 했다.

　계속해서 꿈을 꿨다. 가벼워지고, 붕 떴다가… 점
점 멀어지는 꿈. 그 맞은편에 누군가의 얼굴이 있었
던 것 같기도 하다. 하지만 역시나, 꿈을 꾸고 일어나
면 아무것도 기억나지 않았다. 잠에서 깨어나면 연주
는 매번 자신의 빈 손을 바라보았다. 텅 빈 채로 아무
도 잡아주는 이 없는 손을.

　우리가 어떻게 손을 잡을 수 있지?
　…
　그런데 우리라는 게, 하나는 나야. 그럼 나 말고 너
는 누구야? 넌 어디에 사는 누구라, 나를 찾아오지
않아?

　잠에서 깨어나 묵직한 공허를 느끼는 아침이면, 연
주가 의식처럼 행하는 행동이 하나 있었다. 그는 스
프링이 삐걱대는 침대에서 일어나 책상 앞으로 다가
갔다. 그래 봤자 고작 한 걸음이었지만. 침대와 벽이

조예은

닿는 모서리에는 이전에 벼룩시장에서 주워 온 어항이 뒤집어진 채 놓여 있었다. 연주는 곳곳에 기스가 나 그리 투명하지 않은 어항을 들어 올렸다. 차갑고 묵직한 감각이었다. 또한 익숙했다. 그는 팔을 뻗어 어항의 안쪽에 둔 물체를 꺼내 들었다. 밤사이 냉기를 머금을 탓에 역시나 차가웠다. 하지만 믿을 수 없을 만큼 부드러운 촉감. 손목. 사고가 난 현장에서 발견한 유일한 물건이었다.

그날, 연주가 주운 건 누군가의 잘린 손목이었다. 더 정확히 말하자면 기계로 된 가짜 손목. 로봇의 팔에서 갓 떨어져 나온 것처럼 잘린 단면의 안쪽으로 깜빡이는 전지와 각종 전선들이 보였다. 차갑고 복잡해 보이는 내부와 달리 겉면은 실제 피부와 크게 다르지 않았다. 아니 오히려 실제보다 더욱 부드러웠다. 내부에 자체 배터리가 남아 있는지 손목은 간혹 움직였고, 꼭 뭔가를 찾는 것처럼 풀숲 주위를 헤집었다. 붙잡아야 할 것을 놓쳐버린 자의 손 같았다. 덩그러니 놓인 신체의 형상이 섬뜩할 만도 하련만, 그때의 연주는 그 헤매는 모습이 자신과 비슷하다는 생

릴리의 손

각을 더 많이 했다. 결국 낯선 이의 의수인지, 고장 난 로봇의 일부인지 모를 것을 주워 주머니에 밀어 넣었고, 왔던 길을 돌아 병원으로 돌아왔다.

돌아오자마자 연주는 사라진 자신을 찾는 형사를 마주했다. 병원을 꽤나 뒤지고 다녔는지 그는 거친 숨을 몰아 쉬며 사건의 종료와 함께 먼 곳으로 발령이 났다는 소식을 알렸다. 그리고 무척 미안하다는 얼굴로 자주 찾아오겠지만, 지금처럼 자주는 오기 힘들 거라는 말을 전했다. 연주는 고개를 끄덕였다. 사실 그가 미안할 필요는 없는 일이었다. 그 사실을 머리로는 충분히 알았다. 형사는 연주의 어깨를 두어 번 두드리면서도 눈을 마주치지 못했다. 그러는 사이 연주는 고개를 들어 형사를 가만히 바라보며 재킷 주머니 안에 들어 있는 기계 손을 쥐었다.

아마 표정은 좋지 못했을 것이다. 형사는 어쨌든 연주가 눈을 뜬 순간 가장 먼저 마주한 얼굴이었고, 낯선 세상에 발붙이고 살 수 있도록 도와준 사람이기도 했다. 그런 그가 자신을 미궁에 빠뜨린 것만 같았다. 꿈에서 깨어날 때마다 느끼던 단절의 감각이었

조예은

다. 그때였다. 손가락 사이사이를 벌려 깍지를 끼고서 힘을 주자 반사적인 반응인지, 기계 손 역시 연주를 힘주어 쥐었다. 그 압박의 순간, 연주는 이 세계의 누군가가 자신을 지탱해주는 듯한 기분을 느꼈다. 사고를 당하고 정신을 차린 후 처음으로 느껴보는 안도감이었다.

연주의 표정이 미묘하게 풀리자 형사는 그제야 눈을 마주 보았고, 언제든지 도움이 필요하면 연락하라는 말과 함께 명함을 남겼다. 물론 이후로 그에게 연락하는 일은 없었다. 오며 가며 한두 번 마주친 적이 있었지만, 형사도 굳이 연주에게 먼저 연락을 하지는 않았다. 그래도 그가 마지막으로 베푼 친절은 아주 유용했다. 요즘 세상에 핸드폰이 없으면 아무것도 하지 못한다며 쓰지 않는 공기계를 넘겨주었기 때문이다. 나중에 복지사와 함께 쭈뼛거리며 대리점에서 유심을 넣고 개통을 했다. 일을 구하고, 살 곳을 구하다 보니 알게 된 사실이지만 정말로 핸드폰 없이는 할 수 있는 게 없었다. 덕분에 형사는 마지막 인상까지 연주에게 좋은 사람으로 남았다.

릴리의 손

퇴원을 하루 앞둔 새벽이었다. 연주는 식은땀과 함께 눈떴다. 몸을 일으켜 얼굴을 만지자 축축한 물기가 닿았다. 이번에도 역시 그 꿈이었다. 평소와 다른 점이라면, 가벼워지고, 붕 떴다가 점점 멀어지는…. 그 찰나에도 자신의 손에 감겨 있던 손깍지. 그는 자리에서 일어나 커튼을 쳤다. 빼곡한 6인실에서 유일하게 개인적인 공간을 만들어주는 가림막이었다. 다행히 창가 쪽 자리라 한쪽만 치면 되었다.

그리고 냉장고 위쪽의 개인용 서랍을 열어 손목을 둘둘 말아둔 재킷을 꺼내 들었다. 사고 당시 자신이 입고 있었다는 재킷은 보통 사람들이 입고 있는 재질과는 많이 달랐다. 바깥을 돌아다녀본 결과 알아낸 사실이었다. 훨씬 두터웠고, 미끄러우며 빳빳했다. 안쪽에는 알 수 없는 기호와 숫자가 쓰여 있었는데, 형사의 말로는 연주의 신원을 알아내기 위해 입고 있던 옷가지까지 쭉 조사를 했지만 어떤 브랜드의 옷인지, 어느 회사의 유니폼인지 끝내 알 수 없었다고 한다. 옷의 재질 역시 마찬가지였다. 일상복이라기보다는, 보이지 않는 에너지로부터 신체를 보호하기 위해

조예은

둘러 입는 장비 같았다.

연주는 손목을 품에 안은 채 침대에서 내려왔다. 달빛이 침대를 환히 비추고 있었다. 그는 쪼그려 앉은 자세로 보조 침대 위에 손목을 올려둔 뒤 양손으로 턱을 괴었다. 그리고 가만히, 달빛을 머금은 신체의 일부를 관찰했다. 내부의 배터리가 거의 닳은 것일까. 손목은 처음 발견했을 때처럼 크게 움직이지도, 연주의 손을 힘주어 꽉 쥐지도 못했다. 자신에게 와달라는 듯이, 닿아달라는 듯이 손끝을 움찔거리는 것이 다였다. 인조 피부의 위에 얹힌 인조 손톱이 반짝였다. 한 번도 물어뜯거나 씹어서 상처 낸 적이 없는, 상처 나본 적 없는 손톱이었다. 그 끝이 아주 미약하게, 연주를 향해 떨렸다. 검지가 앞으로 향했고, 그다음은 중지가, 약지 다음엔 다시 검지가 번갈아 움직이며 연주가 있는 방향으로 조금씩, 조금씩 다가왔다. 꼭 연주를 알아보는 것처럼. 그러고는 이내 딱딱하게 굳어 멈춘 채 더 이상 움직이지 않았다. 배터리가 끝내 바닥을 보이고 만 듯했다.

사실 오래 버텼다. 애초에 로봇이나 실제 인간처럼

'본체'라고 불릴 만한 것에 덧붙어 있어야 하는 부위였다. 있어야 할 곳에서 튕겨져 나와 마지막 에너지를 쥐어 짜내는 모습에서 연주는 어떤 동질감을 느꼈다. 그는 더 이상 움직이지 않는 손목을 붙잡았다. 이번에도 깍지를 끼고서, 진짜 피부보다 조금 더 부드러운 가짜 피부를, 기계 손의 손등을 자신의 뺨에 가져다 대었다. 어떤 온기도, 혈액이 오고 가는 두근거림도 없었다. 움직이지 않는 손목은 그저 신체의 일부를 본 뜬 고장 난 부품일 뿐이었다. 그래도 버릴 수 없었다. 연주가 눈을 뜬 후 이 세상에서 맞닿은 어떤 피부보다도 따뜻했고, 안온했다. 그는 눈을 감은 채 의수의 주인을 상상했다. 머릿속에 무수하고 희미한 이목구비들이 스쳐 지나갔고, 모든 성별과 형태를 오갔다. 그 틈새에 유난히 선명히 각인되는 조합이 있었다. 평범하다면 평범하고, 특이하다면 특이한 어떤 얼굴이 그려졌다. 주근깨가 수놓아진 콧잔등, 옅은 눈동자를 가진 누군가. 이름도 모르는 너.

불현듯 발밑에 커다란 구멍이 뚫린 것처럼 밑도 끝도 없이 추락하는 기분이 들었다. 심장이 아팠고, 이

유 없는 눈물이 흘렀다. 존재하는지조차 확실치 않으면서 이토록 선명한 그리움이라니. 연주가 할 수 있는 일은 머릿속의 얼굴을 밀어두고 손목을 붙잡는 것밖에 없었다. 그는 손목을 품에 안은 채 다시 뻣뻣하고 무거운 병원 이불 속으로 파고들었다. 기계 손의 손끝이 턱을 건드렸고, 눈물은 계속 흘렀다. 뭔가 잃어버렸다는 사실이, 그리고 그 잃어버린 것을 끝내 찾을 수 없을 것이라는 예감이 와닿았다. 기억은 돌아오지 않을 것이다. 지금껏 '이방인'이 기억을 찾은 경우는 없었으니까…. 그런데 '이방인'이 뭐지?

커튼 너머로 누군가 물을 마시는지 냉장고를 여닫는 소리가 났다. 병원 특유의 거친 이불이 유독 크게 바스락거렸다. 그 소리에 또 누군가 잠에서 깼고, 병실 문을 여닫는 소리가 이어졌다. 연주는 몸을 둥글게 말고 눈을 감았다. 내일은 사람들에게 기계를 잘 고칠 수 있는 곳을 물어봐야겠다. 손목 안의 배터리를 갈아 끼운다면 다시 움직이게 할 수 있을지도 모른다. 그렇게 생각하며 잠이 들었다. 아마 오늘 밤도 똑같은 꿈을 꿀 것이고, 내일 아침에도 똑같은 공허

릴리의 손

를 느끼며 잠에서 깰 것이다. 그러다 갑자기 궁금해졌다. 손목을 잃어버린 로봇은, 혹은 손목의 주인인 사람은 어떻게 되었을까. 자신의 일부가 떨어져 나가는 기분은 어떨까. 그 사람은 지금 자신이 느끼는 끔찍한 기분을 이해할 수 있을까? 아니면 지금쯤 새로운 손목을 마련했을까? 아마 평생 알 수 없지 않을까.

다음 날, 퇴원 수속을 도와주는 복지사에게 연주는 전날 궁금했던 것들을 물었다. 복지사는 골똘히 생각하더니 기술자들이 모여 있다는 어떤 건물의 사무실을 추천했다. 꼭 그 사무실이 아니어도 그 근방에 비슷한 업계 사무실이 모여 있으니, 적당히 발품을 팔아보면 될 거라면서.

당분간 몸을 의탁하게 될 복지원에 수속을 마치자마자 연주는 끼니도 거른 채 손목을 들고 그곳에 찾아갔다. 사고 현장에 들른 날 이후로 첫 외출이었다. 복지사 없이 혼자 움직이는 여정은 그 자체로 고된 눈치 싸움이었다. 대중교통을 이용하고, 낯선 사람들 틈에 끼어 낯선 곳으로 이동했다. 모든 걸 새로 시작하는 기분이었다. 누군가는 이런 시작을 원하는 이도

조예은

있지 않을까? 이 시작과 낯섦이 그들에게 갔으면 좋았을 텐데.

그렇게 도착한 건물은 신기하게도 앞에 작은 천이 흐르고 있었다. 세 개의 건물이 천을 가로지르는 세 개의 다리로 주욱 이어진 구조였고, 고개를 들자 대문짝만 하게 박힌 상가 이름이 눈에 띄었다. 한낮의 해가 뜨거웠다. 사방으로 짐을 멘 사람들이 분주히 오갔으며 천을 따라 주욱 늘어진 가게에서는 각종 부품들을 팔았다. 연주는 자연스럽게 인도 위를 달리는 오토바이를 피해 건물 안으로 뛰어 들어갔다. 복지사가 알려준 사무실은 3층에 있었다. 이름도 없이 호수만 적혀진 문을 열자, 배달 음식을 먹고 있던 중년의 남자가 고개를 들었다. 남자가 둥그런 플라스틱 의자를 턱짓했다. 연주는 그 자리에 앉아 그가 식사를 다 끝내기를 기다렸다. 지루하고 초조한 시간이 흘렀다. 남자가 그릇을 대충 비닐에 넣어 문 밖에 내놓은 뒤 연주를 불렀다. 연주는 그제야 챙겨온 손목을 꺼내 보였다.

"이거 좀 고쳐주세요."

릴리의 손

불쑥 튀어나온 손목에 남자는 뒷걸음치며 작게 소리를 질렀다. 연주는 더욱 가까이 손목을 들이댔다. 자신의 앞으로 향한 단면의 전선들을 확인한 후에야 그는 그것이 진짜 손목이 아닌, 기계의 일부였다는 사실을 깨달은 듯했다. 민망했는지 연이어 헛기침을 하던 그가 자리에 앉아 손목을 둘러보며 말했다.

"의수야? 아니면 어디 연구소 발표작? 어디에 연결되어 있었어? 이렇게 정교한 건 처음 보는데."

단순히 주웠다고 말하면 남자가 제대로 봐주지 않을 것 같다는 생각이 들었다. 그렇다고 잘 아는 척 거짓말을 했다가는 나중에 답변하기가 더 곤란해질 수도 있을 것이다. 연주는 입술을 짓씹어 대다가 결국 아무 말도 하지 않았다. 다행히 남자는 그를 흘긋 올려다 본 후 손목을 계속 살필 뿐이었다. 벽에 붙은 각종 상장과 상패를 보아 경력이 적지 않아 보이는 그에게도 손목은 퍽 신기한 대상인 것 같았다. 그러기를 한참, 연주가 입을 열었다.

"다시 움직이게만 해주세요. 분명 움직였었어요. 안에 배터리 같은 게 있을 거예요."

조예은

"그게, 이게 참⋯. 뭐가 어떻게 되어 있는지 알아야 고치지."

남자가 손목을 내려놓은 뒤 작업내 뒤쪽 방문으로 향했다. 안에서 뭔가를 뒤지는 소리가 났다. 연주는 초록색 판 위에 덩그러니 놓인 손목을 바라봤다. 얘를 움직이게 하는 게 그렇게 힘든가. 고작 손인데. 남자는 창고에서 뭔가를 잔뜩 들고 나와 손목의 주변에 댄 채 고개를 길게 빼기도, 때가 낀 손톱으로 두드리기도, 매만지기도 했다. 그럴 때마다 연주의 미간 사이에 주름이 생겼다. 자신이 건넨 손목인데도 그가 손목을 함부로 대하는 것 같아 마음에 들지 않았다. 연주는 플라스틱 의자를 끌어와 남자의 작업대 맞은편에 부러 큰 소리를 내며 걸터앉았다. 남자의 작업이 방해될 만큼 아주 가까운 거리였다. 손목의 단면을 돋보기 같은 걸로 들여다보던 남자가 왜 이러냐는 얼굴로 간격을 벌리며 말했다.

"이거, 다른 정보는 없어? 나한테 그냥 던져준다고 다 고칠 수 있는 게 아니야. 내가 만능도 아니고 말이야."

릴리의 손

하지만 연주는 정말로 아는 게 없었다. 그가 숨기는 것이래 봤자 사고 현장에서 주웠다는 것이 다였으니까. 연주는 가만히 고개를 저었다. 남자는 계속 손목을 관찰하고, 핀셋 같은 것으로 안쪽을 찔러보고, 전선을 뺐냈다가 다시 집어넣기를 반복했다. 그에 매끄럽던 손목의 피부에도 검은 때가 묻어났다. 돌아가면 저 자국을 다 지워버려야지 하고 연주는 생각했다.

가만히 앉아 있는 것이 힘들 만큼의 시간이 지났다. 사람이 얼굴 하나를 겨우 내밀 수 있을 것 같은 작은 창 너머로 해가 내려가는 것이 보였다. 연주는 어느새 꾸벅꾸벅 졸았다. 그사이 몇 번이나 다른 손님과 남자의 친구들이 오고 갔다. 다들 기묘하리만치 실제와 가까운 가짜 손에 관심을 가졌고, 몇몇은 남자와 함께 손목을 두고 연주가 알아듣기 힘든 용어와 대화를 주고받았다. 그들은 곧 남자의 주위에 둘러앉아 함께 손목을 연구하기 시작했다. 연주는 한발 물러서서 그 모습을 바라보았다.

창밖이 완전히 까맣게 물들자 분주함이 느껴지던 바깥이 한순간에 고요해졌다. 허리가 아파왔고, 끼니

조예은

를 거른 탓에 배도 고팠다. 연주가 무어라고 입을 열려는 순간, 남자가 안경을 벗어 눈을 비비며 물었다.

"이게, 움직였다고 했지?"

연주는 고개를 끄덕였다. 같은 말을 몇 번을 반복하는지 몰라 짜증도 났다. 남자는 한숨을 쉬며 손목을 집어 들어 연주에게 건넸다. 전선이 엉겨 있는 내부를 잔뜩 헤집기만 하고 어떤 조치도 취하지 않은 그대로의 손목이었다. 손목은 움직이기는커녕, 그럴 리 없건만 이전보다 나이든 것 같은 모습이었다. 남자는 고개를 저으며 말했다.

"못 고쳐. 나도 이게 어떤 원리고, 어떤 부품과 기술로 만들어졌는지 당최 모르겠다. 일단 시중에 보급되는 걸로는 이런 의수를 만들 수 없어. 피부도 마찬가지야. 이 바닥에서 현역으로 30년 넘게 있었건만 이 만큼 실제와 비슷한 피부는 본 적이 없어. 꼭 미래에서 온 거 같다. 어디 연구소 주위에 버려져 있는 걸 주워 온 거라면 차라리 이해할 수 있을 것 같아. 이런 걸 도대체 어디서 구했어?"

하루를 꼬박 투자했는데 얻은 게 없었다. 너무 허

릴리의 손

무해서 화가 날 지경이었다. 연주는 저도 모르게 날
선 목소리로 물었다.

"그래서 못 고친다는 거죠? 다시 움직일 수 없다는
말이죠?"

남자는 가만히 고개를 끄덕였다. 연주는 다시 손
목을 수건으로 감싸 주머니에 집어넣었다. 익숙한 뼈
대와 감촉이 닿자 마음에 안정이 찾아왔다. 빨리 이
곳을 떠나고 싶었다. 그대로 뒤돌아 나가려는 연주를
남자의 목소리가 다시 붙잡았다.

"짐작 가는 게 있기는 하다만… 아니다, 워낙 말도
안 되는 거라."

연주는 멈춰 서서 남자를 돌아보았다.

"어디까지나 추측이야. 그게 누군가의 팔을 대신하
던 의수였다면, 아마 달려 있던 신체와 신경을 공유
했을 거다. 왜, 공상과학영화에 나오듯이. 꼭 텔레파
시처럼… 의수로서 가장 최대의 발전이지. 진짜 손이
나 다름없었다는 말이야. 움직이게 하는 원동력은 전
기나 배터리 같은 게 아니야. 그런 건… 나도 모르겠
어. 난생 처음 본다."

168

남자는 몇 번 입을 달싹이더니, 더 이상 말하지 않
았다. 연주는 그대로 사무실을 나왔다. 빠르게 걷
던 걸음은 곧 뜀박질로 바뀌었다. 폐가 아파올 때까
지 뛰었다. 밤공기가 싸늘했고, 꺼둔 핸드폰을 켰더
니 시설로부터 부재중이 몇 통이나 와 있었다. 그는
담당자에게 메시지를 보낸 뒤 고요에 잠긴 상가 건물
사이를 가로질렀다. 골목 어디선가, 와자지껄 웃는
소리, 드릴 소리, 철문을 내리는 소리, 누군가 고함을
지르는 소리가 들려왔다. 이곳은 도시랬지. 도시의
소리란 이런 거구나를 느끼며 연주는 마지막 버스에
올라탔다.

　이후로도 몇 번, 다른 사무실이나 내로라하는 기술
자들을 찾았지만 결과는 매번 같았다. 좀 더 나중에,
나이가 들어 어느 정도의 생활이 안정된 후에 연구원
출신이라는 교수까지도 찾아갔으나 손목은 다시 움
직일 수 없었다. 하지만 그러든 말든 이후로도 손목
은 늘 연주와 함께였다. 악몽인지 기억인지 모를 꿈
에서 깨어난 아침이면 누구보다 먼저 연주의 손에 닿
았다. 어딘가에서 떨어져 점점 멀어지는 연주를 받치

릴리의 손

는 손. 그 맞은편의 얼굴은 선명해지다가 다시 까마 득해지다가 불현듯 형태를 바꾸기를 반복했다.

◆

"연주는 사실 이방인이야."

"연주 선배가요?"

처음 릴리에게 그 사실을 알려준 건, 입사 초기의 담당 사수였다. 틈을 넘어온 이방인의 생활 관리나 지원에 대해 배우던 때였다. 지금 와서 떠올려보면, 그 선배는 나름의 소신을 가지고 그 말을 했던 것 같 다. 이방인이라고 다들 힘든 삶을 사는 것은 아니라 든가, 충분히 극복이 가능하다든가 하는 희망적인 메 시지를 담고 싶었겠지. 하지만 그렇다고 남의 사정을 아무한테나 말하는 것은 좀 아니지 않나. 물론 당시 에 릴리는 아무 말도 하지 못했지만 말이다. 선배는 마치 교과과정의 이해를 돕기 위한 사료를 말하듯이 태연하게 설명했다.

"한 십 년 좀 안 됐지? 딱 십 년 되었나? 저기 8구 역 U벙커 근처. 거기서 일반 사이즈보다 훨씬 규모가

조예은

큰 틈이 벌어졌고, 그 틈으로 이방인들이 흘러들었어. 평소보다 인원이 훨씬 많았지. 사실 한 번에 한두 명도 케어하기 힘든데, 수십 명이 한 번에 들어왔으니 그냥 난장판이었어. 옛날 이야기 보면 뭐 전쟁, 피난, 그런 단어 나오잖아? 꼭 그 모양이었대나 봐. 나도 당시엔 어렸으니까 잘 몰라. 연주도 그중 하나였대. 하필 닫히는 틈새에 팔이 껴서 한쪽 손을 잃은 최연소 이방인. 요새는 뭐, 편하다고 일부러 의수로 갈아 끼우는 사람들도 있다지만 당시엔 동정 여론이 컸어."

선배는 오른쪽 손가락으로 자신의 왼쪽 손을 가리킨 뒤 말을 이었다.

"다행히 이방인들 중에는 이쪽에 적응을 잘 했어. 어려서 그랬던 거 같아. 이후 이방인들 케어에 중요한 사례였지. 모범적으로 이방인 지원 프로그램을 받고 커서 자신과 같은 이방인들을 지원하는 부서에서 일하고 있으니까. 같이 일하면 배우는 것도 많을 거야. 잘해 봐."

그리고 대략 일 년 후에 릴리는 연주 선배와 팀이

릴리의 손

되었다. 연주 선배는 실제로도 조용하고 온화한 사람이었고, 같이 있으면 꼭 온실에 누워 있는 것처럼 편안한 기분이 들었다. 언제부터 연주에게 마음이 갔을까? 소수로 움직이는 이방인 부서 팀 특성상 연인 사이로 발전하는 건 딱히 드문 일은 아니었다. 매일매일 그동안의 삶을 통째로 잃어버린 사람들을 마주해야 했고, 그들이 공허를 극복하거나 극복하지 못하는 모습을 실시간으로 접해야 했다. 우울은 쉽게 전염되는 것이어서, 이방인을 대하는 직원들 역시 만성적인 우울에 시달렸는데, 그런 이들이 가장 가까운 곳에서 비슷한 부류의 우울을 겪는 이들에게 의지하는 건 어찌 보면 당연한 것이기도 했다.

흔하지만 포근한 짧은 기억으로 지나갔을 수도, 남들과 같이 평범한 기관 내 부부가 되었을 수도 있을 것이다. 매번 연주와 티격태격하며 싸우지만, 릴리는 그 사소한 다툼마저 좋아했다. 처음 고백한 게 누구인지는 헷갈렸으나 릴리는 연주가 먼저 자신에게 보였던 호의를 선명히 기억했고 오랫동안 곱씹었다.

담당했던 이방인이 무사히 보호기관에서 퇴소한

날이었다. 앞으로 지내게 될 임시 아파트까지 그를 데려다준 후, 연주와 기관으로 돌아왔다. 도시 전체에 24시간 적정 온도를 유지하는 장치가 돌아가고 있는데도 묘하게 후덥지근했고, 릴리는 계속 땀을 흘렸다. 건강 문제도 아니었는데 이상한 일이었다. 그때 연주가 뭔가를 꺼내 건넸다. 얇고 부드러운 천 조각이었다. 이게 무엇이냐는 얼굴로 그를 바라보자, 연주는 답했다.

"손수건."

손수건은 역사가 깊은 소지품이었다. 그냥 부드러운 섬유 조각에 불과했으나, 바로 그런 이유로 온갖 것들이 편리하게 자동으로 바뀌어가는 요즘까지 살아남을 수 있었다. 물론 자질구레한 것을 챙겨 다니는 행위 자체가 촌스러운 것이 되어버렸으므로 실제로 그것을 소지한 사람은 소수에 불과했지만 말이다.

릴리는 연주가 건넨 손수건을 받아 들었다. 그리고 고맙다는 말과 함께 얼굴을 닦았다. 이후에 빨아서 가져다주겠다고 했고, 그렇게 벙커에서의 만남으로 이어졌다. 옛날 옛적 고문헌에서나 볼 법한 고전

릴리의 손

적이고 촌스러운 수법. 하지만 그래서 좋았다. 연주가 살다 온 세계를 엿본 느낌이 들었기 때문이다. 다시 깨끗해진 손수건을 돌려준 날, 출근했을 때 돌려줘도 되는데 굳이 주말 저녁 벙커 문을 두드린 그날, 연주는 새로 나왔다는 과자와 알코올이 섞인 캔 음료를 흔들며 말했다.

"같이 마실래요?"

혼자 몇 캔을 비운 건지 달큼한 향이 났고 얼굴이 붉었다. 릴리는 홀린 듯이 안으로 들어갔고, 연주가 건네는 것들을 거부하지 못해서 먹고 마셨다. 원래 그런 성격이 아닌데 그랬다. 그러다 문득 정신을 차려보니 잔뜩 취한 채로 연주의 방에 대자로 뻗어 있었던 것이다. 옆에서 속삭이는 듯한 목소리가 들려왔다. 자신과 마찬가지로 천장을 보고 누운 연주가 들릴 듯 말 듯한 목소리로 중얼거렸다.

"처음 이곳에서 눈떴을 때, 이상한 나라의 앨리스가 된 것 같았어."

릴리는 잠긴 목소리로 물었다.

"이상한 나라의 앨리스가 뭔데?"

조예은

"나도 몰라. 아니, 몰랐어. 우습게도 그게 뭐였는지 기억이 안 나는 거야. 말이 안 된다는 거 알아. 아무것도 모르면서 다짜고짜 그런 생각을 하다니."

연주는 고개를 돌려 릴리를 마주봤다.

"나중에 고전 사료를 뒤지다가 그게 엄청 옛날에 쓰인 동화라는 걸 알았지. 내용을 찾아보니 내가 왜 그렇게 느꼈는지 알겠더라."

릴리는 눈을 깜빡였고, 연주는 계속 말했다.

"내가 이쪽 세상으로 넘어왔을 때, 유일하게 움켜쥐고 있던 것이 손수건이었어. 우습지 않아? 손이 달린 팔은 잃어버렸는데 손수건은 남았다는 게. 나중에 기관에서 신체검사를 받은 후에야, 내가 보통 사람보다 손에 땀이 많이 나는 체질이라는 걸 알았어. 그러니까 손수건은, 내가 잊어버린 저쪽 세상의 누군가가, 내 체질을 잘 알고 있는 누군가가… 나를 위해 쥐어준 것 아닐까? 그런 생각을 하니까, 고작 천 조각인데도 버릴 수가 없더라고."

연주는 릴리 앞에 앉아 그가 깨끗이 빨아온 손수건을 펼쳐 이리저리 펄럭였다. 모서리에 파란색 수로,

Y, J 라는 이니셜이 수놓아져 있었다.

"신체검사 직후에 시술을 받아서 지금은 땀도 안 나거든. 어차피 왼손은 가짜니까 날 리가 없고. 그런 데도 가지고 다니는 게 습관이야. 보는 사람마다 다 촌스럽다고 하지만 뭐 어때. 이방인들은 여기서 뭘 하든 어차피 늘 촌스러운 취급인데 뭐."

그러고는 불쑥 상체를 일으켰다. 멍한 얼굴로 바닥을 헤집어 부스러기가 남은 과자 봉지를 집었다.

"이런 기분 모르겠지? 어느 날 갑자기 알맹이는 빠져나가고 껍질만 남은 기분. 원래 껍질은 알맹이를 보호하기 위해 생기는 거잖아? 그런데 알맹이가 없어. 그럼 안에 아무것도 없는 껍질을 누르면 어떻게 되게. 그냥 푹 찌그러지는 거지."

연주가 입에 과자를 털어 넣었다. 무거운 정적이 찾아들었다. 가만히 말을 듣고 있던 릴리가 뒤늦게 입을 열었다.

"아마 내가 완전히 그 마음을 느끼기는 힘들겠지. 난 이방인이 아니니까. 하지만… 짐작할 수는 있어. 우리 엄마도 이방인이었거든. 아빠는 우리처럼 이방

176

인 관리직이었고."

이번에는 연주가 릴리의 말을 가만히 들었다. 음료를 다 마셨지만 새 캔을 뜯지 않았다.

"엄마도 어렸을 때 넘어온 편이라 그리 어렵지 않게 적응했다고 들었어. 딱히 크게 힘들어하지는 않았다고, 아빠 말로는 그러더라고. 그런데 또 모르는 일이지. 아빠는 엄마가 아니고, 엄마가 되어본 적도 없으니까."

연주가 느리게 자리에서 일어나 새 캔을 꺼내왔다. 딱 한 캔이었다. 연주가 기다란 손가락으로 그 캔을 힘주어 땄고, 청량한 소리가 방 안에 울려 퍼졌다. 낮은 온도에 보관되어 있던 탓에 미세하게 김이 서렸다. 연주가 그것을 릴리에게 건넸다. 릴리는 그것을 받아 든 후, 단숨에 반 넘게 들이부었다.

"우리 엄마는 활발했어. 직장에서 친구도 많았고, 여기저기 잘 놀러 다니고 배우고 싶은 게 있으면 바로 배워야 직성이 풀리는 성격이어서 오히려 내가 감당하기 힘들 정도였거든."

릴리는 잠시 말을 골랐다. 연주는 가만히 기다렸다.

릴리의 손

"그런데 그런 엄마가 갑자기, 진짜 갑자기 자기도 모르게 눈물을 뚝뚝 흘리는 날들이 있어. 그럴 땐 되게 난감해. 엄마도 자기가 왜 우는지 모르는데 그냥 막 눈물이 난대. 엄마가 왜 우는지 모르는데 내가 할 수 있는 게 뭐가 있겠어. 그냥 가만히 그 시간이 지나기를 기다리는 거지. 그럴 때면 엄마가 너무 낯설고… 슬펐어. 그런 생각이 들었거든. 나는 엄마를 평생 완전히 이해할 수 없겠구나. 당연하잖아. 본인도 본인을 이해할 수 없게 되어 버렸는데."

릴리는 남은 음료를 한 번에 들이마셨다. 그러는 사이에도 연주의 시선은 릴리에게 박힌 듯이 고정되어 있었다. 입가에 과자 부스러기를 묻힌 채로.

"어렸을 때는 그 사실이 엄청 힘들었는데 나이가 들고 생각해보니까, 그건 사실 당연한 거야. 어떻게 타인이 타인을 완전히 이해해? 텔레파시가 통하지 않는 이상."

릴리는 연주를 돌아보며 덧붙였다.

"그래도, 엄마가 말했었거든. 내가 있어서 다행이라고. 이해 못 하면 뭐 어때. 내가 있는 것만으로 이

조예은

해 같은 거 없어도 힘이 된다는데. 결국 지금 누구랑 있느냐가 중요한 거 아니겠어?"

그날, 릴리는 연주와 더 많은 이야기를 나눴고 더 많은 술을 마셨다. 머리가 깨질 것 같은 두통과 함께 정신을 차렸을 땐 자신의 벙커 침대 위였다. 어떻게 방으로 돌아왔는지도 기억나지 않았다. 혹시 주정을 부린 건가 싶은 불안이 엄습하기 무섭게, 누군가 방문을 두드렸다. 릴리와 마찬가지로 초췌해 보이는 몰골의 연주였다. 연주는 엉킨 머리를 뒤로 쓸어 넘기며, 민망하다는 듯이 방문 너머로 물었다.

"어제 우리 너무 많이 마셨나 봐. 같이 해장하러 갈래?"

지금에 와서는 아득하기만 한 기억이다. 릴리는 연주와 함께 일을 하고, 시간을 보내며 가능한 다양한 미래를 상상했다.

그러나 그중 어느 것에도 이런 엔딩은 없었는데.

발밑에서 천둥이 쳤다.

"조금만, 조금만 더 버텨 봐 릴리, 절대 힘 빼지

릴리의 손

마."

뻥 뚫린 발밑이 공허했다. 릴리는 눈을 감았다 떴다. 눈을 깜빡이는 데에는 얼마만큼의 에너지가 소모되는 걸까? 그 짧은 찰나마다 몸은 추를 매다는 것처럼 무거워졌다. 그러니까, 이게 어떻게 된 일이더라?

연주와 함께 긴급 호출을 받아 틈 발생지에 이방인을 픽업하러 왔다. 이방인은 복식사에서 배운 2060년대 남성의 일반적인 복장을 하고는 넋이 나간 채로 자신이 넘어온 틈새를 물끄러미 응시하고 있었다. 갈 곳 잃은 눈동자가 서글퍼 보인다고 생각한 그 순간, 바닥에 미세한 진동이 느껴졌다. 처음엔 착각인 줄 알았다. 두 번째에는 원래도 종종 겪었던 빈혈 증상인 줄 알았고, 세 번째에야 정말로 땅이 진동하고 있다는 걸 인지했다. 고개를 틀어 연주를 바라보았다. 그리고 뭘 어떻게 할 틈도 없이 순식간에 몸이 가벼워지고, 붕 떴다가… 점점 멀어졌다. 연주로부터.

순식간에 벌어진 사고는 꿈이 아니었다. 아니, 이걸 사고라고 볼 수 있을까? 한 번 찢어진 종이를 아무리 풀로 붙여봤자 그 흔적은 남듯이, 틈새가 벌어

진 장소도 마찬가지였다. 이곳이 아직 완전히 안전하
지 않다는 건 모두가 아는 일이다. 하지만, 한 번 찢
어진 지점이 아닌 같은 구역 내의 다른 지점에 24시
간 내 새 틈이 벌어지는 경우는 들어본 적이 없었다.
그동안 벌어진 적 없는 사례였다. 단숨에 생겨나 가
로로 벌어진 틈새는, 정확히 릴리의 발밑을 집어삼켰
고 연주의 발 한 뼘 앞에서 멈췄다.

연주는 상반신을 날려 떨어지는 릴리를 가까스로
붙잡았다. 절벽처럼 가파르게 벌어진 틈의 안쪽은 꾸
덕한 어둠이었고, 저 아래는 또 다른 시공간과 연결
될 것이다. 이 손을 놓치면 다시는 이곳에 돌아올 수
없게 되는 것은 물론, 살아남을 수 있을지조차 확실
치 않았다.

릴리는 지금의 상황을 제대로 파악하기 위해 애썼
다. 최대한 떨지 않고, 연주와 자신 둘 중 하나라도
안전할 수 있는 방안을 찾기 위해. 그는 얼굴을 잔뜩
일그러뜨리고 있는 연주를 올려다보았다. 단정했던
머리카락들이 앞으로 쏟아져 자꾸 그를 가렸다. 불과
한 시간 전까지만 하더라도 연주와 함께 지루하고 따

릴리의 손

스한 주말을 보내고 있었다는 사실이 믿기지 않았다.
지금 릴리와 연주를 유일하게 이어주는 것은 손. 연
주의 오른팔과 기계 팔과 릴리의 왼팔이 열다섯 개의
손가락으로 얽혀 있다. 무게가 더해질수록 오른팔이
끊어질 것처럼 아파왔다.

"릴리, 조금만 버텨봐. 아니, 내가 버틸게. 곧 구조
팀이…"

릴리는 텅 비어 있는 아래를 힐긋 내려다보았다.
싱크홀처럼 까맣고 깊게 벌어진 틈. 이 일을 하면서
언젠가는 자신이 이방인이 될 수도 있을 거라고 생각
했지만, 그 상황이 이렇게 갑작스레 들이닥칠 줄은
몰랐는데. 하지만 원래 모든 일들이 그렇게 벌어지는
것 아닌가.

자신을 붙잡은 연주의 손이 파들거렸다. 그 떨림을
릴리는 고스란히 느꼈다. 힘이 빠져나가고 있다는 것
이 너무 명백한 것은 물론, 연주마저도 점점 틈새의
안쪽으로 빨려 들어오고 있는 것 같았다. 막 생겨난
대형 틈은 아직 불안정했고, 언제든 줄어들 수도, 또
더 커질 수도 있었다. 이래서는 연주와 자신 둘 다 위

조예은

험해진다.

그때 어디선가 투둑, 소리가 났고, 릴리는 소리가 난 쪽을 바라보았다. 무게를 이기지 못한 연주의 왼쪽 어깨와 의수의 이음새가 거칠게 뜯겨 나가는 소리였다. 의수와 신경이 이어져 있기에 연주는 무척 고통스러워 보였다. 꽉 깨문 입술에서 피가 흘렀고, 눈에서 방울방울 떨어지는 눈물이 릴리의 뺨에 닿았다.

릴리는 연주가 붙잡지 못한 다른 한쪽 팔을 뻗어 무엇이라도 붙잡기 위해 손을 휘저었다. 그럴 때마다 연주의 팔에서 계속 신경과 피부조직이 끊어지는 소리가 났다. 무게를 견뎌내지 못하는 연주의 몸이 틈새 앞으로 딸려 나왔다. 손에 잡히는 것들은 족족 버티지 못하고 틈새의 안쪽으로 사라졌다. 구조팀이 올 때까지 버틸 수 있을까. 그때까지, 틈이 닫히지 않고 버텨줄까….

하지만 틈이 이방인들의 바람을 단 한 번이라도 들어준 적이 있다면, 그들은 애초에 이방인이 되지 않았을 것이다. 연주의 팔에 의지해 간신히 허공에 떠 있는 와중에 피부 위를 간질이는 묘한 파동이 느껴졌

릴리의 손

다. 갑작스레 심장박동이 빨라지면서 구역질이 치밀었고, 머리가 깨질 듯이 아프기 시작했다. 틈이 닫히기 시작할 때, 일그러진 에너지가 밀집되면서 나타나는 증상이었다. 이상을 겪는 건 연주도 마찬가지로 보였다. 연주의 오른팔에는 퍼렇게 선 핏대가, 매끈한 왼팔에는 찢겨진 가짜 피부가 보였다. 릴리는 고개를 돌려 틈새의 저 꼭지점을 바라보았다. 지퍼를 잠그듯이, 저 멀리서 빠르게 봉합되는 과정이 시야에 들어찼다. 연주는 여전히 울고 있었다. 그리고 그런 연주를 보며 릴리는 결심했다. 흙바닥을 뒹구는 송신기 너머로 구조팀을 보냈다는 목소리가 들려왔지만 그들은 아마도 늦을 것이다. 어쨌든 틈이 닫히는 속도가 너무 빨랐다. 릴리가 연주를 바라보며 뭐라고 말하려는 찰나, 연주가 먼저 말했다.

"놓으라는 소리는 하지 마."

"틈이 닫히고 있어. 이방인이 된다고 죽는 거 아니야."

"그래도 싫어. 안 돼."

그 와중에도 잘 벼린 칼날 같은 틈은 좁혀져 왔다.

184

조예은

릴리는 연주의 남은 팔을 지켜주고 싶었다. 그는 심호흡을 내쉰 뒤, 붙잡을 것을 찾던 다른 한 손으로 제 손목을 쥔 연주의 손가락들을 하나씩 떼어냈다. 연주가 미쳤냐며 욕설을 지껄였고, 릴리는 맞다고, 미쳤다고 답했다. 마지막 순간 연주의 얼굴을 직시했을 때, 그리고 밑으로 밑으로 정처 없이 떨어지기 시작했을 때에야 릴리는 아무래도 마지막 말로 "그래, 미쳤다!"는 좀, 너무 낭만하고는 거리가 멀지 않나… 하고 생각했다. 빠르게 멀어지는 릴리를 향해 연주가 함께 떨어질 결심이라도 한 것처럼 상체를 숙여 너덜너덜해진 왼팔을 뻗었고, 그 순간 점점 좁혀오던 틈이 완전히 닫혔다. 검은 틈은 지표면의 균열만을 남긴 채 언제 있었냐는 듯이 뻔뻔하게 자취를 감추었다.

그렇게 다시 한번, 릴리는 붕 떴다가 점점 멀어졌다. 더 이상 연주는 보이지 않았다. 완전히 닫혀져 버린 저쪽 세상. 이제 이곳은 내가 살아본 적 없는 세상이다.

툭, 하는 소리가 들렸다. 떨어지는 자신의 위로 함

릴리의 손

께 떨어지고 있는 건 댕강 잘려 넘어온 연주의 왼쪽 손목이었다. 릴리는 그것을 붙잡기 위해 팔을 뻗었지만 끝내 닿지 않았다. 어쩌면 다시는 잡지 못하게 될 연주의 손. 저걸 붙잡아야 하는데. 공중에 뜬 몸을 허우적거렸지만 마음대로 움직여질 리 없었다. 전선 몇 가닥이 튀어나온 손과는 점차 거리가 벌어졌다. 안간힘을 다해 저것을 붙잡으려는 찰나, 릴리는 눈을 두어 번 감았다 떴고, 정신을 차렸을 땐 낯선 도로에 멀뚱멀뚱 서 있었다. 순간 시야가 하얗게 물들었다. 고개를 돌리자 자신을 향해 돌진하는 헤드라이트가 보였다. 다가오는 불빛을 보며 떠올린 것은 단 두 글자의 이름. 연주. 귀를 찢는 경적소리와 함께 연주가 된 릴리는 또 다시 붕 떴고, 이전의 어떤 것도 기억하지 못했다.

✦

　연주는 열심히 살았다. 되는 대로 배우고 벌고, 만나며 열심히 살았다. 텅 빈 듯한 기분을 감추기 위해 더욱 악착같이 뭔가를 익혔다. 여러 아르바이트와 직

조예은

장, 계약직과 정규직을 오가다가 그리 나쁘지 않은 회사에 안착한 후로는 제법 안정적인 일상을 꾸릴 수 있었다. 가끔은 자신이 사고를 당했다는 사실도, 기억이 통째로 없어진 사람이라는 것도 믿기지 않곤 했다. 비가 내리면 온몸이 쑤신 것만 빼고.

연주가 사는 방은 아주 조금씩 나아졌다. 방이 아닌 집이라고 부를 수 있을 만큼이 되자 집에 선물을 들고 찾아오는 이들도 생겨났다. 누군가와 마음을 나누고, 축하를 하고, 함께 울고 웃기도 했다. 만났다 헤어지고, 화내고 포기하며 관계를 이어갔다. 그런 와중에도 연주는 종종 전과 같은 꿈을 꿨다. 붕 떴다가, 누군가와 멀어지는 꿈을.

불현듯 눈물이 쏟아지는 날은 점차 횟수가 줄었지만, 완전히 사라진 것은 아니었다. 더 시간이 흐른 뒤엔 그 눈물을 닦아주는 이와 가정을 이뤘다. 여러 굴곡을 넘어서며 살아가는 과정에서 간혹, 계시 같은 목소리가 들려오곤 했다.

밥을 먹을 때, 장을 보는 와중에, 휴가 기간 해변의 파라솔 아래에서, 반려자의 퇴임식장에서, 노후 자금

릴리의 손

을 끌어 마련한 가게의 오픈일에, 딸애가 열어준 생일 파티에서, 그 애의 결혼식에, 그리고 눈물을 닦아주었던 이의 장례식에, 홀로 걷는 산책길에, 홀로 밥을 먹고 다시 홀로 자고 일어나 눈물을 닦은 아침에, 가게의 규모를 넓혀 베이지색 대리석 빌딩으로 이사가기로 결정했을 때, 가게에 문제가 생겼다며 직원으로부터 전화가 걸려온 어느 날.

릴리, 하고 부르는 목소리가.

그 모든 순간, 누군가의 손목은 늘 연주의 곁에 있었다.

#

릴리야, 잘 지내? 잘 지낸다는 게 뭔지도 잘 모르겠네, 이제. 지금은 아침 8시 13분이야. 눈을 뜨자마자 이 편지를 써. 2195년에 보낼 수 없는 편지가 있다는 사실이 서글프다. 너에게 보낼 수가 없으니, 사실 이건 편지가 아닌 일기에 가깝지.

네가 사라진 지 꽤 많은 시간이 흘렀다. 나는 새 손

조예은

목을 붙였어. 신경을 잇는 수술은 두 번째지만, 여전히 낯설어. 회복하는 내내 네가 나오는 꿈을 꿨어. 너는 고전 영상자료에나 나올 법한 병원에 누워 있고, 낯선 이들과 대화를 나누다가 잠들어. 그리고 새벽에 일어나 갑자기 울지. 사람들은 너를 내 이름으로 불러.

또 어떤 날은, 네가 정말 작은 방 안에 있어. 창문조차 없는 방 안에서 내 잘려 나간 왼손을 빤히 바라보고 있어. 꿈에서처럼, 그날 떨어져 나간 내 왼쪽 손이 너와 함께 있다면 그나마 위안이 될 것 같아. 가끔 그런 생각을 해. 내게 달려 있던 손이 너에게 있다면, 내 신경을 공유한 일부를 네가 만진다면, 우리는 아직 연결되어 있는 게 아닐까 하고. 가끔 새로 붙인 왼손을 누가 쓰다듬는 것 같은 착각이 들어. 놀라서 옆을 보면 아무도 없어. 이게 환상통이라는 걸 알아. 하지만… 한순간 나의 온 신경을 쏟는다면, 아주 찰나의 감각은 너에게 닿을 수도 있지 않을까? 우리가 다시 손을 잡을 수 있을까? 그런 날이 올까?

불가능하다는 걸 알아. 전부 내가 기대를 놓지 못

릴리의 손

하는 탓이겠지. 나는 아직도 같은 부서에서 일해. 새로운 틈이 발생할 때마다 일종의 계시 같다고 느껴. 저 안쪽은 네가 있을 수도 없을 수도 있는 세상이야. 또 네가 나와 함께였던 이십 대일 수도, 내가 아닌 누군가와 함께인 오십 대일 수도 있는 세상이야. 매번 저 틈을 넘는 상상을 해. 하지만 늘 상상에서 멈추고 말아. 내가 할 수 있는 건 웃는 것밖에 없어. 매일매일이 어떤 굴레 안에 있는 것 같아. 너도 이럴까? 처음엔 비극이었다가, 다음엔 희극이었다가. 한때는 내 안의 비극이 고갈되고 있는 것 같다고 느꼈어. 네가 옆에 있을 때 그랬어. 근데 그러면 항상 더 나쁜 게 오더라. 지금은 그마저도 없어. 이 상황이 희극 같기도 해. 내가, 우리가 이 순환으로부터 벗어날 수 있을까?

사실 답을 알고 있어.

이 순환을 끝내는 방법도 알아. 그런데 아직은 때가 아닌 것 같아. 그 이야길 하고 싶어. 오늘부로 정부가 '틈'의 에너지와 특성을 이용한 타임머신 연구

조예은

에 들어간대. 너를 데려간 그 이례적인 대형 '틈'이 차원을 관통하는 자국을 크게 남겨서, 덕분에 어떤 원리의 실마리가 풀렸대나 봐.

있잖아, 릴리. 네가 사라지고 난 후에 내 방에서 나눴던 대화들을 곱씹어 봤어. 최초의 이방인이 내 이름과 같았다는 걸 기억해? 2075년, 한때 서울이라고 불렸던 도시의 외곽 아파트 촌에 위치한 베이지색 대리석 건물, 3층 핸드스파 숍. 쉰여덟 살 노인. 지금은 그 나이가 노인인 나이가 아닌데, 그렇게 기록이 되어 있더라. 오늘 기록을 다시 읽어봤거든. 사진이 남아 있으면 좋았을 텐데⋯ 없더라고. 그리고 내 꿈속의 너는 내 이름으로 불리며 늙어가고 있어.

릴리. 나는 아마도 세상을 만지는 시도를 할 거야. 동시에 내가 잃어버린, 내 떨어져 나간 일부를 찾아 나설 거야. 오랜 시간이 걸리겠지. 찾아 나서는 과정보다 기다려야 하는 시간이 더 길지도 몰라.

이거 하나만 기억해 줘. 물은 어디로든 가고 어디로든 흐르잖아. 아마 세상도 곧 그렇게 될 거야. 이건 확신이야. 내 애정이, 내 목소리가 너에게 어떤 방식

●

릴리의 손

으로든 닿을 거라고 믿어. 내 꿈속의 네가 진짜 너라면, 내 손을 잘 간직해줘.

조예은

부분은 최윤의 〈둠즈데이 비디오〉 작품 영상의 일부를 참조했다.

●●

릴리의 손

알람이 울리면

배명훈

자각몽

손등에 내린 눈이 차가웠다. 기분 나쁜 한기는 아니었다. 금방 녹아 없어질 눈송이가 오히려 애처로웠다. 우리는 자주 불안해했지만 불온해질 만큼 깊이 파고들지는 않았다. 그게 무엇이든.

"장갑 껴."

깊이 생각하지 않고 아내의 말에 따랐다.

한겨울 이른 밤공기가 포근했다. 키 큰 나무들 뒤로 그보다 훨씬 큰 빌딩들이 하늘을 가리고 늘어서 있었다. 유리로 된 건물 외벽에 석양이 반사됐다. 시선 닿는 곳마다 어디는 저녁이고 어디는 낮이었다. 어떤 눈송이는 오후로 떨어지고 어떤 눈송이는 밤으

알람이 울리면

로 들어섰다.

"진짜 안 탈 거야? 가만히 서 있으면 추울 텐데."

내가 고개를 가로젓는 걸 보고 아내는 어깨를 으쓱하며 아이스링크 쪽으로 갔다. 사람이 꽤 많았지만 파묻힐 정도의 인파는 아니었다. 나는 아내가 사물함 앞에서 스케이트를 갈아 신는 모습을 확인하고 아이스링크 주변 풍경으로 눈을 돌렸다. 공원 여기저기에 오밀조밀 들어선 간이매장의 조명 몇 개가 뾰족하게 시야에 꽂혔다. 도넛 냄새가 날카롭게 파고들었다. 반죽에 든 시나몬 향과 따끈하게 데워진 설탕 냄새였다. 왠지는 모르겠지만, 시내에서 두 번째로 맛있는 도넛 가게의 팝업 스토어라고 했다. 굳이.

동물 모양을 한 묵직한 가죽 커버 수첩 파는 곳을 지나, 크리스마스트리 장식과 털실로 짠 모자와 장갑을 파는 가게 옆, 도넛 가게로 다가갔다. 반죽을 넣으면 알아서 도넛을 구워내는 기계가 재미났다. 작동 원리가 다 보이는 투박한 기계를 보고 있으니 마음이 편안해졌다. 도넛 가게 앞에 선 사람들의 눈빛도 마음에 들었다. 기대에 찬 눈이었다. 거기까지가 전부 빤히 보이는 작동 원리인 듯했다. 행복이라는 감각의 작동 방식.

아내가 있는 쪽으로 눈을 돌렸다. 아내에게 던지는 질문이었다. 아내는 도넛이 먹고 싶을까? 서로가 인파에 파묻혀 있어 그 질문은 전해지지 않았다. 아이스링크 밖에는 사람이 많았다. 스케이트를 타지 않기로 한, 객석을 선택한 사람들의 자리였다. 그 사람들의 시선이 모두 정빙기로 향했다. 정빙기는 이제 막 아이스링크를 빠져나가는 참이었다.

잠시 후 휴식 시간이 끝났다는 안내방송이 나왔다. 그것을 출발 신호로, 휴식 장소에서 대기하고 있던 사람들이 얼음 위로 쏟아져 나왔다. 선두에 선 네댓 명이 앞으로 치고 나가 빙판 위에 타원 궤도를 만들었다. 뒤이어 나온 사람들도 모두 그 뒤를 따라 돌았다. 시계 방향으로 빙글빙글.

문득 위화감이 느껴졌다. 뭐가 잘못됐는지는 알 수 없지만 더할 나위 없이 완벽해 보이는 연말 어느 날의 공원 풍경에는, 분명 안 맞는 부속이 들어 있었다. 나는 아이스링크를 가만히 바라보았다. 하지만 아무 문제도 발견할 수 없었다.

알람이 울리면

다음 정빙 시간에 맞춰 도넛을 샀다. 난간 너머로 아내에게 도넛을 나눠주고는 다음 쉬는 시간까지 장터를 구경했다. 냉장고에 붙일 순록 모양의 마그넷과 손수 만들었다는 팝업카드를 샀다.

아내가 나올 때쯤에는 손발이 차가웠다. 버스 정류장까지는 종종걸음으로 갔다. 집으로 돌아와 따뜻한 물에 손발을 녹이고 파묻히듯 침대에 몸을 누이자 한사흘은 풀려나지 못할 침대의 마법이 느껴졌다.

그런데 막 잠이 들려는 순간, 아무 문제도 없이 완벽하게 돌아가던 공원 풍경에서 어떤 부품이 잘못 돌아가고 있었는지가 떠올랐다. 시계 방향. 빙판 위를 미끄러져 가던 사람들의 궤도.

'오른쪽으로 도는 스케이트장은 없어.'

모든 트랙은 반시계 방향으로 돌게 되어 있다. 육상도 사이클도 마찬가지다. 오른발잡이가 일찍 득세한 세상의 규칙이다. 오른쪽 다리 힘이 더 센 사람은 왼쪽으로 도는 편이 한결 수월하다.

새벽에 갑자기 잠이 깼다. 한기로 가득한 방에서 깨어나는 꿈을 꾼 탓인지, 제대로 정신이 들었을 때

●●

배명훈

는 목덜미에 식은땀이 흐르고 있었다.

'프로도 아니고, 반대로 돌 수도 있지 뭐. 맨 앞에서 타던 애들이 헷갈렸나 보지.'

욕실에서 땀을 닦고 거실 소파에 드러누웠다. 소파 표면에 살짝 묻은 차가운 감각이 기분 좋게 등으로 전해졌다. 밖은 어두웠다. 테이블 위에 놓여 있던 컴퓨터를 열자 화면에서 빛이 새어 나왔다. 음모를 꾸미기에 딱 적당한 조명이었다.

그래서였을까. 검색창에 '스케이트'를 입력했다. 검색 결과 중 '이미지' 항목을 선택하자 스케이트 신발 광고 사이에 선수들의 경기 사진이 여럿 보였다. 오른쪽으로 돌고 있는 선수들. 올림픽 쇼트트랙 결승전 영상을 클릭했다. 시계 방향으로 도는 경기였다. 좌우가 반전된 영상이 아니었다. 글씨나 국기 모양 모두 내가 기억하는 그대로였다.

'이게 왜 이러지? 이러면 안 되는데.'

그 생각을 하자 갑자기 졸음이 밀려왔다.

'무슨 소리야, 방금 깼는데?'

알람이 울리면

아침에 눈을 떠보니 거실 소파 위였다. 주방 쪽에서 커피 냄새가 났다. 커다란 창문으로 들어온 햇살이 거실에 비좁게 내려앉았다. 해가 중천에 걸린 모양이었다. 정신이 번쩍 들었으나, 곧바로 연말까지 휴가라는 사실이 떠올랐다.

주방 쪽에서 아내의 목소리가 들렸다. 아내는 내 휴가에 맞춰 재택근무를 하기로 했다. 상대방 목소리가 뭉개져 들리는 것을 보니 원격회의를 하는 모양이었다. 아내의 목소리는, 연말에 하는 회의치고는 꽤 사무적이었다. 마지막까지 느슨해 보이지 않으려는 목소리였다. 누구와 대화하는지 알 것 같았다. 틈을 내주면 반드시 비집고 들어와 게으름을 피우는 사람. 이름도 얼굴도 모르지만, 아내의 회사에는 그런 사람이 있었다. 어디에나 있는 사람이 거기에도 어김없이 있었다고 하는 편이 맞을지도 모른다.

"사실적인 게 꼭 진실에 가까운 건 아니라니까요. 왜는요? 더 가까이 접근하는 방법이 있으니까 그렇죠."

아내는 또 스토리 생성기 이야기를 하고 있었다.

배명훈

동면 중인 사람의 의식을 꿈보다 안정적인 상태로 관리하기 위해 고안된 장치. 최근 몇 달간 아내는 이 장치의 성능을 개선하는 프로젝트에 매달려 있었다.

"물론 안정이 중요하죠. 안전한 세계를 사실적으로 묘사해서 의식을 일상의 감각 안에 가두는 게 기본이라는 걸 모르는 사람이 우리 회사에 어디 있어요? 그런데 이게 최소 십 년 이상의 시간 동안 적용될 서비스라는 것도 고려해야죠. 그 시간이면 갇혀 있는 의식 쪽에서도 질문을 갖게 된다고요. 아무리 효과적으로 주의를 분산시켜도 십 년이면 결국 의식 어딘가에 질문이 축적될 수밖에 없어요. 계속 쌓이다 보면 다음 단계의 질문으로 넘어가게 되고요. 이런 식으로 질문이 날카로워져 버리면 그 안전하고 일관성 있는 세계에도 균열이 생기지 않겠어요?"

아내의 목소리에는 경멸의 감정이 묻어 있었다. 아마도 몇 번이나 했던 이야기를 또 하느라 생긴 듯한 피로감도 느껴졌다.

나는 천장을 올려다보며 마음속으로 아내의 말에 질문을 달았다.

알람이 울리면

'그럼 어떻게 현실감을 지켜내는 거지?'

내 생각에 답하듯 아내가 말했다. 아내의 동료도 같은 질문을 한 모양이었다.

"의식을 속이는 게 우리 서비스의 목적은 아니잖아요. 의식이 안정된 상태를 유지하게 하는 게 목적이지. 그러니까 질문이 쌓이기 전에 스토리 생성기 쪽에서 먼저 리얼리티에 균열을 내는 거죠. 아니, 깨우려는 게 아니라 대화를 시도하는 거라니까요. '당신이 느끼는 리얼리티는 사실 픽션이다, 그 리얼리티의 뒤판을 열어보면 이런 이런 기계 장치가 들어 있다', 그걸 미리 알려주자는 거예요. 무슨 소리예요? 누가 그걸 일일이 다 보여주자고 그랬어요? 이미 합의된 현실이라는 걸 암시하는 선에서 선을 긋자는 거예요. 의식이 세계의 끝을 향해 모험을 떠나게 하지는 말자고요. 그걸 왜 하냐니? 그게 어떻게 똑같은 균열이에요? 동면 중인 의식이 스스로 질문을 던져서 만든 균열은 예측이 안 되잖아요. 스토리 생성기가 스스로 내는 균열은 세계가 어떤 식으로 접히고 펴질지 미리 계획돼 있으니까 통제가 가능하고요. 플롯이라는 말

204

배명훈

못 들어봤어요?"

다음 날 오후부터는 아내도 휴가였다. 우리는 박물관으로 향했다. 아직 평일이라 한산한 편이었는데, 폐관 시간이 가까워지자 그나마 있던 사람들도 분주하게 출구 방향으로 사라졌다. 우리는 벽 앞에 앉아 있었다. 옛날 아시리아의 어느 궁전 벽 하나를 통째로 가져온 전시물이었다. 비슷한 시대 다른 지역 유물과는 비교할 수 없을 만큼 섬세한 선으로 장식된 부조와 벽 전체에 빼곡히 새겨진 글씨를 바라보며 시간을 보냈다. 전시실에는 어느새 우리 두 사람밖에 남지 않았다.

아내가 말했다.

"어디서 읽은 기억이 나는데, 저 벽을 통째로 옮겨온 거면 원래 벽이 있던 곳은 어떻게 됐을까 걱정하는 내용이었어. 그런 생각해 본 적 있어?"

나는 한 번도 그런 고민을 해본 적이 없었다. 휑해졌겠다고 대답하자 아내가 혼잣말처럼 말했다.

"그냥 휑해진 게 아니겠지. 뜯겨 나갔을 거 아냐."

여름에 승진한 이후 아내에게 달라진 점이 있다면,

알람이 울리면

무언가 암시하는 말투를 즐겨 사용하게 됐다는 점이
다. 어쩐지 의미심장한 표정이었지만, 나는 아내의
말투가 사실은 허기와 깊은 관련이 있다는 사실을 일
찍부터 알고 있었다. 그러나 아내의 몰입을 방해하지
는 않았다. 새 직위에는 저런 역할이 필요한가 보다
생각했을 따름이다.

박물관 직원이 직접 폐관 안내를 하러 다닐 때가
돼서야 우리는 자리에서 일어났다. 출구 쪽으로 걸어
가는 길에 나는 아내에게 그 일에 관해 물었다. 그놈
의 스토리 생성기 프로젝트는 언제 시작한 건데 아직
도 안 끝나는 거냐고.

"이제 시작이지 뭐."

아내가 말했다. 그 속 터지는 인간은 연말이 다 됐
는데 왜 아직도 그 모양이냐고 묻자 아내가 웃음을
터뜨렸다.

"그러게. 어깨너머로 들은 당신이 더 잘 알겠네. 그
래도 이제 하나는 정리됐어."

그게 뭐냐고 눈짓으로 물었지만, 아내는 바로 대답
하지 않았다. 회사 비밀일 수도 있고 그냥 뜸을 들이

는 걸 수도 있었다. 나는 그다지 궁금해하지 않았다. 사실 아내의 일 이야기에 진짜로 관심이 있는 것은 아니었다. 아무리 재택근무라도 진짜 비밀이 포함된 이야기는 내가 들을 수 없는 곳에서 하고 있을 것이다. 비밀이 아닌 이야기도 들어서 좋을 건 없었다. 나는 그저 아내의 커리어를 존중한다는 점을 드러내고 싶을 뿐이었다. 생색이라고 해도 좋을 만큼 다소 과장되게.

그런데 내가 막 박물관 출구를 빠져나가려는 참에, 몇 걸음 앞에서 걷고 있던 아내가 의기양양한 표정으로 대답했다.

"듀얼 플롯으로 가기로 했어."

나는 아무 대꾸도 하지 못했다. 대신 그 자리에 멈춰 섰다. 버퍼링이었다. 아내가 말했다.

"그게 무슨 뜻이냐면, 동면 장치마다 스토리 생성기 두 개를 탑재해서 동시에 돌릴 거라고. 아, 이것도 어려운가? 감독이 둘인 영화 같은 거야. 이제 알겠지! 그런데 뭐야, 그 눈은? 듣기만 해도 벌써 망한 것 같다는 표정인데? 알아. 해결할 거야. 물론. 해결할

알람이 울리면

수 있어. 그만. 그 이야기는 그만."

아내가 한껏 들떠 있었으므로, 나는 그 방향이 옳다는 것을 알 수 있었다. 옳든 아니든 우리 회사 일도 아니니 아무 상관 없었지만, 아무튼 그랬다. 하나의 스토리 생성기 안에서 스토리 생성자 둘을 동시에 가동하기로 한 결정은, 말하자면 아내가 회사 사람들을 설득해서 얻어낸 성과였다. 내가 알아야 할 것은 딱 여기까지였다. 내가 축하의 말을 건네자 아내가 신나서 한마디를 덧붙였다.

"이 두 번째 스토리 생성자를 우리 팀에서 개발할 건데, 여기가 핵심이야. 뭐냐면, SF 플롯을 생성하게 할 거야."

휴가를 내기로 한 아내는 다음 날 아침 예고도 없이 출근을 해버렸다. 엘리베이터 앞에 서서 잘 다녀오라고 손을 흔들어준 다음에야 나는 바람을 맞았다는 사실을 깨달았다. 엘리베이터는 1층으로 내려갔고 나는 엘리베이터 앞에 그대로 서 있었다.

갑자기 복도가 어두워졌다. 고개를 돌려보니 천장

208

배명훈

조명이 꺼져 있었다. 닫혀 있는 남의 집 대문 너머 뜻을 알 수 없는 외침이 들려왔다. 계단 아래쪽에서도 위쪽에서도 비슷한 소리가 들려온 것을 보면 건물 전체에 전기가 나간 모양이었다.

얼른 창밖을 내다보았다. 아내가 아무것도 모른 채 건물 현관을 나가 주차장 쪽으로 걸어가는 모습이 보였다. 마음이 놓였다. 나는 그대로 창가에 머물렀다. 무심코 내다본 풍경이 아름다웠다. 아직 질척해지지 않은 설경 위에 아내가 새 발자국을 남기고 있었다.

아내의 모습이 사라질 때쯤 어느 집에선가 피아노 소리가 들려왔다. 윗집인지 아랫집인지 늘 헷갈리던 소리였다. 복도에 나온 김에 소리가 들리는 곳을 찾아가 보기로 했다. 아래층이었다. 소음 자체가 신경 쓰이지는 않았지만, 익숙해질 때쯤 꼭 박자를 틀려서 듣는 사람의 호흡을 자꾸 흐트러뜨리던 소리였다.

계단을 내려가자 전에는 못 들어본 현악기 소리가 같이 들려왔다. 뭔지는 몰라도 바이올린보다는 훨씬 묵직한 소리였다. 그 소리가 피아노 소리를 떠받쳤다. 잘 모르는 사람이 듣기에도 빼어난 연주였다. 나

알람이 울리면

는 계단참에 멈춰 섰다. 그리고 난간에 기댔다. 운이 좋았다. 왠지 그 소리는 그 계단참에서 제일 멋지게 들릴 것 같았다.

프로 연주자가 내는 게 틀림없는 자신감 넘치는 현악기 소리 위에 늘 듣던 피아노 소리가 올라탔다. 피아노는 늘 듣던 대로 투박했지만 둘이 만들어내는 소리는 나쁘지 않았다. 연주로는 엉망이었어도 소리가 만들어내는 풍경은 꽤 근사했다. 미숙함은 잘못이 아니었다. 탁월함이야 집 앞 계단에 갖다 놔도 변함없이 선이었지만.

잠시 후 전기가 들어왔다. 하던 곡을 끝내자 연주는 더 이어지지 않았다.

나는 집으로 돌아와 소파에 앉았다. 컴퓨터는 닫혀 있었다. 굳이 열고 싶은 마음은 들지 않았다. 완전한 시간을 망가뜨리고 싶지 않았다. 휴가가 아니었어도 마찬가지였을 것이다. 잠깐 복도에 나갔다 들어왔더니 집 안의 온기가 한결 따뜻했다. 나는 금방 받아들여졌다. 그렇게 느꼈다. 환영 받은 김에 그대로 잠이 들어도 좋겠다고 생각했다. 소파에 앉자 스르르 눈이 감겼다.

그때 아랫집에서 가볍게 쿵 하는 소리가 들려왔다. 피아노 뚜껑이 세게 닫히는 소리였다. 놀란 건반이 내지른 짧은 비명이 각기 다른 잔향을 남기며 건물 어딘가로 재빨리 흩어졌다. 아무렇게나 나는 소리였을 텐데, 그 속에는 아는 소리가 섞여 있었다. 건반 몇 개가 다른 것들보다 더 큰 비명을 내질러 익숙한 불협화음을 지어내기라도 한 것처럼. 불안이었다.

'나는, 전혀 졸리지 않아. 잠들 때가 아니잖아. 물어볼 게 있었어. 두 번째 스토리 생성자에 관해서. 왜 아직 못 물은 거지? 계속 같이 있었잖아.'

전화벨이 울렸다. 얼른 전화기를 들었지만 내 전화기에서 울리는 벨 소리가 아니었다. 소리 나는 쪽으로 고개를 돌리자, 아내의 책상 위에서 불빛을 번쩍이며 요란하게 울려대는 휴대전화가 보였다. 아내의 것이었다. 나도 몇 번 들은 적 있는 회사 사람 이름이 화면에 떠 있었다. 전화를 받지는 않았다. 아내도 곧 회사에 도착할 테니 어렵지 않게 연락이 닿을 것이다.

벨 소리가 끊어지자 집 안이 적막해졌다. 다시 벨

알람이 울리면

이 울릴까 몸이 살짝 긴장됐지만, 라디에이터가 증기를 뿜어내는 소리가 들리자 금방 차분해졌다. 아무 일도 아니었다. 그냥 전화가 온 것뿐이었다.

휴대전화를 두고 갔으니 저녁까지는 아내와 이야기를 나누기 어려울 것이다. 회사 일과 관련 있는 질문이라 메신저로 물어보기보다는 직접 보고 말하는 편이 나았다.

저녁까지 아내를 기다리기로 했다. 몇 시에 퇴근할지는 알 수 없었다. 리모컨이 바로 앞에 놓여 있었지만, 텔레비전은 켜지 않았다. 휴가 반나절을 소파에서 날려 버리고 싶지는 않았다. 나는 옷을 챙겨 입고 밖으로 나갔다. 건물 밖으로 나서자마자 싸늘한 바람이 귀를 쓸고 지나갔다. 주머니 안에는 아내의 휴대전화가 들어 있었다.

버스를 타고 박물관으로 향했다. 버릇처럼 전날과 같은 동선이었다. 박물관을 세 정류장 앞둔 곳에서 승객 절반 정도가 우르르 하차했다. 창밖에 공원 스케이트장 개장 안내 현수막이 보였다. 나도 엉겁결에 버스에서 내려 사람들을 따라 아이스링크 쪽으로 걸

배명훈

었다. 마침 쉬는 시간인지 정빙기가 얼음을 쓸고 있었다. 눈이 새로 덮인 크리스마스 장터는 이틀 전보다 더 푸근해 보였다. 어느 건물 벽에 걸린 디지털 시계가 오전 10시 59분을 가리켰다. 11시면 다음 타임이 시작될 것이다.

'결국 여기로 돌아왔어.'

멀리서, 출발선으로 모여드는 아이들이 보였다. 안전요원 세 사람이 빙판 진입로에 통제선을 쳐놓고 서 있었다. 나는 보폭을 넓혀 그쪽으로 다가갔다.

잠시 후 휴식 시간의 끝을 알리는 안내 방송이 나왔다. 안전요원이 통제선 쪽으로 손을 뻗었다. 바로 앞에 선 아이들이 몸을 낮추고 자세를 잡았다. 아이스링크가 갑자기 조용해졌다. 출발 신호를 기다리는 스케이트 선수처럼 하나같이 긴장한 모습이 역력했다. 나도 마찬가지였다.

'시계 방향일까?'

그런데 마침내 안전요원이 통제선을 걷어냈을 때, 생각지도 못했던 것이 내 눈에 들어왔다. 하늘 위에 반달이 떠 있었다. 공원을 둘러싼 고층 건물 사이로

알람이 울리면

오른쪽이 하얀 반달이 모습을 드러냈다.

'오른쪽?'

눈이 그치고 구름이 반쯤 걷혀 있었다. 나는 해가 있는 방향을 확인한 후 다시 달을 올려다보았다. 조금 전 버스에서도 계속 보던 달이었다. 아무렇지도 않은 평범한 반달.

'아침인데 오른쪽이 맞는 건가?'

아침에 뜬 상현달. 지구과학이나 천문학을 떠올리자 머릿속이 더 복잡해졌다. 지구 때문이었다. 지구가 자전해서 낮과 밤을 만드는데, 이 밤낮의 일상이 너무 생생하고 의미심장해서 천체의 운행까지 다 좌우할 것처럼 여겨지는 탓이다. 이럴 때는 그냥 아무것도 없다고 상상하면 간단해진다. 공원도 없고, 아이스링크도 없고, 크리스마스 장터나 빌딩 숲도, 자전하는 지구도 바다도 다 없이, 우주 공간에 오직 태양과 달과 나만 있다면.

'지구가 어떻게 자전하든 달은 태양이 있는 쪽 반이 하얗게 보여야 해. 가로등 아래 서 있는 사람은 가로등 쪽이 밝게 보이듯이. 그러니까 저건, 해를 보고

있는 반쪽이 어둡게 보이는 저건.'

달에서 눈을 뗄 수가 없었다. 한참이나 그렇게 달을 올려다보았다.

'진짜 달이 아니야!'

해와 아침과 반달의 관계를 두 번 세 번 머릿속으로 되짚었다. 그런 다음에야 태양과 달과 나로 이루어진 우주에 지구를 도로 채워 넣었다. 공원이 들어서고 크리스마스가 생겨나고 아이스링크가 자리를 잡았다. 도넛 냄새가 익숙한 기억을 일깨웠다. 생동하는 일상이 모두 가짜였다.

종종 꾸던 꿈이 떠올랐다. 차가운 곳에서 오래 잠들어 있는 꿈이었다. 빙판 위의 아이들이 시계 방향으로 질주했다.

아내의 회사가 있는 건물 1층 로비에는 커다란 크리스마스트리 두 개가 서 있었다. 천장에서 쏟아져 내린 빛이 금색 트리 장식에 정신없이 반사됐다. 나는 크리스마스트리를 올려다보고 있다가 가끔 엘리베이터 쪽으로 눈을 돌렸다. 마침 아내가 나오는 모

알람이 울리면

습이 보였다. 두리번거리던 아내는 이내 트리 앞에 서 있는 나를 발견했다. 표정이 바뀐 것도 아닌데 아내가 나를 발견했다는 사실이 분명히 전해졌다.

아내는 눈이 크고 깊었다. 끝이 살짝 아래를 향해 있어서, 바른 자세로 서 있으면 순해 보이지만 조금 삐딱하게 앉으면 영락없는 천재로 보이는 눈이었다. 나는 삐딱한 아내가 좋았다.

휴대전화기를 눈높이로 들어 보이자, 아내의 발걸음이 조금 빨라졌다.

"안 갖다줘도 되는데. 고마워."

아내가 성큼 가까이 다가왔다. 아는 사람의 얼굴이란 참 신기한 조형물이다. 멀리 있어도 남들보다 잘 알아볼 수 있고, 가까이에서 보면 찰나의 순간에 깜짝 놀랄 만큼 많은 정보를 끄집어낼 수 있다.

전화기를 건네받은 아내는 어쩐지 그리운 얼굴을 하고 있었다. 오랫동안 이 얼굴을 그리워한 기억. 이 사람이 눈앞에 있다는 사실에서 한없이 커다란 안도감이 느껴졌다. 그 눈을 바라보며 얼마나 많은 이야기를 나누었는지가 떠올랐다. 저 깊고 호기심 많은

●●

배명훈

눈이 반짝이는 순간을 보기 위해 내가 들려준 수백 가지 이야기가 어렴풋이 스쳐 지나갔다. 북받치듯 쏟아져 나오는 기억이었다.

'이 사람은 누굴까?'

아내가 걱정스러운 얼굴로 물었다.

"울어?"

나는 아무 대답도 하지 못했다. 그저 그 자리에 가만히 서 있을 뿐이었다. 난데없는 이 그리움은 또 뭘까? 눈물은 나오지 않았다. 고장 난듯 아무 표정도 지어지지 않을 따름이었다.

"무슨 일 있어? 짐 싸서 나올까? 같이 집에 갈래?"

다시 아내가 물었다. 나직한 목소리에 익숙한 감정이 잔뜩 묻어났다.

나는 아내를 보고 있었지만, 머릿속은 아까 본 달 생각으로 가득했다. 해가 비추는 반쪽이 어둡고 그림자가 져야 할 반이 밝게 보이는 구형의 천체. 태양이 가짜일까, 달이 가짜일까.

'둘 다겠지.'

나는 아내에게 스토리 생성기의 두 번째 스토리 생

알람이 울리면

성자에 관해 물었다. 궁금한 건 너무 많았지만, 물을 수 있는 질문은 그것밖에 없었다. 나에게 그것은 세상의 기원을 묻는 것이나 다름없었다.

맥락 없는 질문이었지만 아내는 이유를 묻지 않고 일단 진지하게 답해 주기로 마음먹었다. 그렇게 결심하기까지의 모든 단계가 투명하게 들여다보였다. 도넛 굽는 기계의 단순한 작동 원리처럼.

"두 번째 스토리 생성자가 SF 플롯을 만드는 건 스토리에 비현실을 도입하기 위해서야. 첫 번째 스토리 생성자가 만들어내는 현실은, 뭐랄까 지나치게 현실적이거든. 손에 잡힐 듯한 감각이나 바로 눈앞에서 펼쳐지는 듯한 감각 말이야. 인간의 의식은 그런 감각에 약해. 직접 만져봤으니까 이거야말로 진짜라고 믿어버려. 강력하게. 그게 스토리 생성기 본연의 역할이기는 한데, 문제가 있어. 진짜 현실이 아니거든. 현실이나 일상이라는 이름의 가상 체험일 뿐이니까. 생생하니까 현실처럼 느껴지지만 실은 가상이어서 생생한 거야. 그리고 이건 더 심각한 문젠데, 안전한 일상에 장기간 안주해 버리면 의식에 이상이 생겨. 동면을 끝내도 깨어나지 않을 수도 있고. 의식이 그러기로 선택한다면 말이야. 아무리 고객의 선택이어도 이렇게 되면 사고잖아. 그래서 항상 의식이 살짝 깨어 있게 할 필요가 있어. 비현실을 도입해야 현실이 유지되는 거지. 순수한 현실보다 이쪽이 실제에 가까우니까. 다음 질문은 이거지? 스토리 생성자 둘을 어떻게 동시에 돌릴 수 있냐고. 기본적으로 스토리니까 어떻게든 섞이게는 되어 있어. 말도 안 되는 소문에 더 말이 안 되는 요소 하나를 집어넣어도 소문의 최종 버전은 그럴듯하게 완성이 되잖아. 아직 구상 단계지만 단순하게 말할게. 두 번째 생성자는 첫 번째보다 훨씬 적은 비중으로 작동할 거야. 주로 세계의 구조에 관한 비현실적인 플롯을 만들어서 전체 이야기에 돌출적으로 주입할 거고. 어차피 세계는 일상적인 감각으로는 감지할 수 없는 대상이니까, 이렇게 역할을 배분하는 게 편해. 비현실이라고 아무 마법이나 막 던질 수 있는 건 아니고, 적절한 질문을 골라서 예리하게 던지게 만들 거야. 그러면 첫 번째 기본 스토리 생성자가 이 돌출된 요소를 잘 마사지해

알람이 울리면

서, 두텁게 묘사된 현실의 감각에 녹여 버리는 거지. 그것대로 작동하는 일상을 만들어 버린다는 뜻이야. 별 탈 없이 삶이 유지되는 동시에 고객들에게도 최소한의 암시는 주는 식으로. 이만하면 충분해?"

나는 고개를 끄덕였다. 충분해서가 아니었다. 더 들을 수가 없어서였다. 의아했다. 방금 아내가 말한 것 중 일부는 비밀이었고, 나머지도 회사 앞에서 말하기에 적합한 내용은 아니었다. 하지만 아내는 이유도 묻지 않고 아는 것을 이야기했다. 단지 내가 망연자실 갈피를 잃고 서 있었기 때문이었다.

'나에게 이 사람은 정말로 누구였을까?'

어차피 그런 건 이제 아무 의미 없을지도 모르지만, 그래도 나는 그게 궁금했다.

아내가 말했다.

"좋아. 그럼 이제 같이 집에 가자. 사무실 가서 하던 거 금방 정리하고 내려올게. 오래 안 걸려."

하지만 아내의 말을 따르지는 않았다. 나는 아내를 설득해 사무실로 돌려보냈다.

"무슨 소리야? 혼자서 어쩌려고? 잔말 말고 같이

가. 지하 주차장에서 기다리고 있어. 그쪽으로 바로 갈 거니까."

나는 아내의 말에 흠칫 놀랐다.

'저건 누구한테 하는 말이지? 나는 아무 말도 안 했는데.'

집으로 가는 길에 다시 눈이 내렸다. 쏟아져 나온 차들로 도로가 혼잡했다. 느릿느릿 천변을 지나는데 건너편 도로 옆 보도에 드래곤이 누워 있었다. 웅크린 길이만 해도 삼십 미터는 되어 보이는 붉은 생명체였다. 두 날개를 이불처럼 덮고 자는 드래곤 위에도 어느새 눈이 꽤 쌓여 있었다. 날개 아래로 말려 있는 꼬리 끝이 허공 쪽으로 손짓하듯 가끔 흔들렸다. 보행자들이 드래곤을 깨우지 않으려고 조심스럽게 차도로 우회하는 바람에 좁은 길이 더 혼잡해졌다.

길이 꽉 막혀서 차가 거의 움직이지 않은 덕분에 그림처럼 고요한 풍경이 시야 가득 펼쳐졌다. 눈까지 천천히 수직으로 내리자 창밖 풍경은 누군가 음 소거 버튼을 누르기라도 한 듯 적막하고 포근해졌다. 나는

알람이 울리면

그 아무렇지도 않은 광경을 한참이나 넋을 잃고 바라보았다. 차가 막히기는 다리 건너 이쪽 편도 마찬가지여서, 풍경을 감상할 시간도 그만큼 길어졌다.

'저게 바로 그 첫 번째 스토리 생성자가 두텁게 묘사하는 현실감이라는 건가. 방금 아내가 누구한테 대답하고 있는지 궁금해하고 있었는데, 갑자기 정신을 차려보니 여기에 와 있어. 게다가 저 풍경은 뭐지? 왜 아무도 신경 쓰지 않는 거야?'

차 안에는 라디오 소리가 흘러나오고 있었다. 다음 달에 토성으로 출발하는 탐사대원들이 토성행 우주선이 정박해 있는 우주정거장에 가기 위해 이른 새벽부터 지상 발사기지에서 대기하고 있다는 뉴스였다.

"이건 또 뭐지? 내가 라디오 같은 걸 틀 리가 없잖아."

운전석에 앉은 아내가 투덜거리며 라디오를 껐다.

'투덜거린 게 아니야. 투덜거렸다고 서술된 것뿐이야. 아내는, 이 사람은 분명 누군가에게 말을 하고 있어. 들으라고 하는 게 아니라 그저 그쪽을 바라보고 하는 말. 나한테 하는 말도 아니고 차 안에 누가 있는 것도 아니야. 이건 차 밖에 있는 누군가한테 하는 말이야. 차 밖에 있지만 동시에 차 안에도 있는 누군가. 이 사람은, 내 아내라는 사람은, 스토리의 일부가 아닌 셈인가?

나는 토성으로 가는 여행에 관해 아내에게 물었다. 긴 여정일 테니 저기에도 동면 기술을 적용해야 하지 않겠냐는 요지였다.

"그럼, 재워야지. 안 그러면 식량이나 물을 어마어마하게 많이 싣고 가야 하니까."

아내의 회사가 그 일도 맡았냐고 물었다. 아내는 차창에 팔꿈치를 댄 삐딱한 자세로 나를 바라보았다. 영락없이 천재처럼 보이는 얼굴이었다.

"저 일도 맡은 게 아니라 저거 하려고 오늘도 출근한 건데."

하지만 우주선은 곧 떠날 예정이 아니냐고, 언제 두 번째 스토리 생성자를 만들어서 우주선에 태울 거냐고 묻자, 아내가 피식 웃으며 대답했다.

"20세기 인간의 상상력이야? 업데이트 파일 보내주면 되지. 당연히 정보만 쏴서 보내는 거야. 차 내비

게이션에 새 목소리 넣는 거랑 똑같이. 그런데 재밌겠다. 우리 회사에서 배달까지 직접 해주는 시스템이면."

의문이 떠올랐다. 추상적인 의혹과 의심이 구체적인 질문으로 바뀌어 가고 있었다. 질문이 꼬리에 꼬리를 물었다. 금방 답을 유추할 수 있는 질문과 누군가에게서 답을 들어야만 다음 단계로 넘어갈 수 있는 질문이 엇갈렸다. 헷갈리지 않으려면, 답을 들어야만 알 수 있는 질문을 던져야 했다. 스토리의 일부가 아닌 누군가 의미 있는 존재에게 물어야만 하는 질문을.

한참 후에야 나는 무엇을 물어야 할지 알 것 같았다. 나는 정리된 질문을 아내에게 던졌다. 동면 중인 인간의 의식이 당장 알아야 할 바깥세상의 진실이라는 게 도대체 뭐냐고. 위급한 상황이면 아예 동면 해제 절차에 들어가야지, 굳이 잠들어 있는 의식과 소통을 시도할 필요는 없지 않겠냐고.

오래 망설이지 않고 아내가 대답했다. 별것 아니라는 듯 편안한 말투였다.

"일종의 긴급 연락이 필요한 때가 있어. 어차피 할

수 있는 일은 아무것도 없겠지만, 그래도 본인한테는 반드시 알려야 할 소식 같은 게 있지 않을까? 예를 들어 목적지 행성이 폭발해서 임무를 수행할 수 없게 됐다거나, 갑자기 지구가 없어졌다거나. 이상하게 들리겠지만 일어날 수 있는 일이야. 장거리 우주여행에는 시간이 엄청나게 오래 걸리니까. 가족 중 누군가는 반드시 위독해지기도 하겠지. 50년쯤 동면하는 일정이면 떠나는 순간 이미 사별이나 다름없겠지만 그래도 그 일이 실제로 일어나는 순간은 있을 거고. 그런 이상한 여정으로 우주비행사를 떠나보내는 기관으로서는 그걸 알려주는 정도의 배려는 해주고 싶을 거야. 무리하게 깨울 것까지는 없지만 그래도 통지는 해주는 게 예의니까. 가만, 그런데 이 서비스 괜찮은데? 사업설명서에 넣어달라고 해야겠다.”

아무 일 없이 다음 날이 밝았다.

'아니야. 벌써 하루가 지났을 리 없어. 누군가가 장면을 전환하고 시간을 훌쩍 흘려보낸 거야. 이건 바로 다음 장면이라고. 시간으로 따지면 10초도 안 돼.'

225

알람이 울리면

날이 따뜻해서 창문을 열어두었더니 이웃집에서 카레 냄새가 흘러들어 왔다. 어느 집인지는 알 수 없었다. 고기와 야채를 약한 불에 오래 끓여 스튜 같은 육수를 낸 다음 마지막에 고형 카레를 넣어 완성하는 방식이었다. 오랫동안 서서히 퍼져 나가던 스튜 냄새가 진한 카레 냄새로 바뀌는 장면이, 여름날 갑자기 소나기가 내리는 순간처럼 강렬했다.

'그 사람은 또 출근했군. 나한테서 떼어놓으려는 거야. 질문은 거기까지만 허용하겠다는 선언처럼.'

나는 소파에 눕듯이 앉아 텔레비전 뉴스 채널을 들여다보고 있었다. 언니를 토성으로 보내는 사람의 인터뷰가 나오고 있었다. 우주비행사의 동생은 언니가 토성에서 돌아오고 나면 둘의 나이가 역전되는 상황에 관해 이야기했다. 그때가 되면 누가 위인지 다시 정해야 하지 않겠느냐는 엄포로 장난스럽게 이어지던 이야기는, 지금까지와는 조금 달라진 관계로 언니와 나머지 반생을 살아보는 것도 나쁘지 않을 것 같다는, 다소 진지한 기대로 마무리되었다.

그런데 뉴스 화면 아래에 이상한 자막이 눈에 띄었

다. 인터뷰 중인 여자 이름 옆에 '유가족'이라는 말이 붙어 있었다.

유가족이라니. 심장이 요동쳤다. 어딘가에서 본 적 있는 실수였다. 잘못된 표현으로 소개된 사람을 대신해서 느끼는 감정이 아니었다. 분명 그보다 훨씬 가까이에서 일어났던 일이었다. 그런 확신이 들었다.

'이건 내 기억이야. 나와 내 가족이 직접 겪은 일. 똑같은 기억은 아니지만, 유가족이라는 말은 그대로야. 화를 냈어. 누군가 아주 가까운 사람이 나를 대신해서. 아니, 그 사람도 당사자였어. 나와 함께.'

자막이 금방 사라졌다. 잠시 말을 멈추고 다른 곳을 쳐다보던 앵커가 조금 전의 자막 실수를 사과했다. 우주비행사의 동생과 시청자 모두에게 하는 사과였다. 나는 숨을 멈추고 우주비행사 동생의 표정을 살폈지만, 그는 대수롭지 않게 사과를 받아넘겼다. 그러자 그 일을 신경 쓰는 사람은 아무도 없게 되었다. 나도 마찬가지였다.

나는 손으로 리모컨을 더듬어 채널을 돌렸다. 수십 개 넘게 채널을 탐색하다가 외국 축구 리그 하이라이

알람이 울리면

트에 시선이 머물렀다. 딱히 좋아해서는 아니었다. 단지 푸른 잔디밭을 오래 들여다보기 위해서였다.

'그게 바로 나라는 말이구나. 동면 중인 서비스 이용자. 동면에 들어가기 전에 내 가족 중 누군가가 인터뷰를 했어. 그런데 거기에 유가족이라는 자막이 달린 거야. 나는 아직 살아있는데 다른 사람들은 곧 죽을 것처럼 대한다는 사실을, 그래서 나한테 유독 친절하다는 사실을 새삼 확인하고 화를 냈어. 그 사람이, 그리고 내가. 우리는 똑같이 느꼈어. 감정이 온전히 전해진 게 아니라 똑같이 느껴야 하는 상황에 놓인 두 사람이었던 거야. 아, 이게 내 기억이구나. 나는 그렇게 잠이 들었구나.'

밖에서 사이렌 소리가 들렸다. 구급차 소리였다. 멀어지거나 가까워지지 않는, 일정한 파장으로 들리는 소리. 멈춰 있다는 뜻이었다. 나는 얼른 일어나 창가로 갔다. 창밖으로 고개를 빼자 아파트 뒤쪽 골목길에 서 있는 구급차가 보였다. 시야가 좋지 않아서 무슨 일이 일어났는지 알 수는 없었다. 구급대원이나 구경꾼은 하나도 안 보이고, 그저 구급차가 있다는 사실만 간신히 알아차릴 수 있을 뿐이었다. 구급차와 사이렌을 제외하면 눈 덮인 주택가 골목 풍경은 아기자기하고 재미있어 보였다. 건물의 생김생김이나 삐뚤빼뚤 늘어선 모양 자체가 그랬다.

나는 한참이나 아래를 내려다보고 있다가 소파로 돌아와 리모컨을 손에 쥐었다. 눈이 오래 머무는 채널은 없었다.

'메시지가 전해지고 있는 거야, 아주 오랫동안 잠들어 있는 나에게.'

텔레비전을 끄고 최대한 편안한 자세로 소파에 앉았다. 어제 아내가 한 말이 떠올랐다. 50년쯤 동면하는 일정이니 잠드는 순간 어쩌면 사별이나 다름없겠지만, 그래도 남아 있는 가족 중 누군가가 실제로 세상을 떠나는 일은 벌어지고 말 거고 그 일을 통지하는 것은 나를 재운 사람들의 배려라는 말.

'맞는 말이야. 이건 결국 배려야, 괴로운 자극이 아니라.'

나는 그 말을 받아들이기로 했다. 메시지를 받아들일 마음의 준비가 된 셈이었다.

알람이 울리면

'나는 누구일까? 어디에서 와서 어디로 가고 있는 걸까? 얼마나 오래 잠든 거지? 이 메시지가 전해졌으니, 30년이나 50년쯤 우주를 떠돌고 있는 건가? 아니면 불치병의 치료법이 발견될 때까지 지구 어딘가에 있는 시설에서 동면 중일지도 몰라. 그래도 괜찮아. 내가 누군지는 몰라도 이건 분명 사전에 합의된 현실이고, 나를 관리하는 누군가는 아직 나에게 충분한 호의를 갖고 있어. 그러니까 괜찮을 거야. 나는 괜찮아. 다 잘 될 거야.'

또 새 눈이 내려 마음이 차분해졌다. 심장이 두근거리는 소리가 하늘 전체에서 아주 작게 들려오는 듯했지만, 그 소리도 점점 줄어들고 있었다. 나는 집 근처를 산책했다. 높은 건물이 별로 없는 오래된 주택가였다. 인적이 드물었지만, 담이 낮은 주택가여서 집 안에 사람이 있다는 사실은 금방 알 수 있었다. 요란한 간판이 달린 가게는 거의 보이지 않고, 크리스마스 장식을 한 식당이나 카페 정도만 드문드문 눈에 띄었다.

모퉁이를 돌자 구급차가 나타났다. 위에서 본 그

구급차였다. 일부러 찾아온 것도 아닌데, 골목길을 걷다 보니 발걸음이 자연스레 그쪽으로 향했다. 무슨 일인가가 일어났던 곳이니까. 사이렌 소리는 들리지 않았다. 경광등만 조용히 반짝이고 있었다. 그 풍경이 왠지 크리스마스 시즌에 잘 어울린다고 생각했다.

나는 아무 일도 일어나지 않는 앰뷸런스 옆을 지나 다음 모퉁이로 돌아섰다. 그렇게 열 걸음쯤 걷다가 문득 이상한 사실을 깨달았다.

'차가 지나가기에는 너무 좁잖아.'

나는 그 자리에 우뚝 멈춰 섰다. 내가 지나온 길을 머릿속으로 되짚었다. 앰뷸런스가 들어올 방법을 도저히 떠올릴 수가 없었다. 하늘에서 내려온 게 아니라면야. 어깨 위에 눈송이 몇 개가 내려앉았다.

골목으로 돌아가지는 않았다. 그것은 또 다른 균열이었다. 마주해서는 안 되는 악몽 같은 것이었다. 나는 앞으로 걸어 큰길로 나갔다. 길가에 서서, 아무렇지도 않게 달려가는 차들을 멍하게 바라보았다. 어디선가 자꾸 두근거리는 소리가 들려왔다.

'진짜 심장이 뛰지는 않을 거야. 몸에 체액이 남아

알람이 울리면

있을 리도 없고.'

　자각몽이었다. 깨어나면 안 되는 꿈이었지만, 세상
저편에서 들려오는 노크 소리를 놓치지 않을 만큼은
깨어 있어야 하는 시간이기도 했다. 집 근처까지 쫓
아온 메시지였다. 그 일이 일어나면 살짝 깨워 달라
고 부탁한 건 결국 나였고, 지금이 바로 그때였다.

　'그 일이라고? 그게 뭐지?'

　슬픔에 어깨가 주저앉았다. 아직 내용도 모르는 슬
픔이었다.

　메시지는 이미 전해진 것이나 다름없었다. 충격에
의식이 깨어나지 않도록, 안정적인 상태로 동면이 유
지되도록 차근차근 내 의식에 전해진 메시지였다.

　'아마 벌써 봉투까지 손에 쥔 거겠지. 내가 그걸 아
직 열지 못하고 있을 뿐.'

　숨을 깊이 들이쉬었다. 그리고 천천히 내뱉었다.
입김이 피어올랐다. 도로 위 신호등이 일제히 녹색으
로 바뀌었다. 말풍선 같은 입김에, 격려로 보이는 신
호등이었다.

　'이제 받아들여야 하는 거겠지? 지금 바로 여기에

서. 안 그러면 저 두 번째 스토리 생성자가 또 어떤 마법을 일으킬지 몰라.'

도망칠 곳은 아무 데도 없었다. 아니, 그럴 필요가 없었다. 나는 세상의 끝을 향해 모험을 떠나지 않아도 됐다. 세계가 나를 속일 생각이 없었으므로.

'그래, 좋아. 메시지를 보여줘.'

다짐하고 받아들였다. 마음을 가라앉혔다. 두근거리던 소리가 잦아들었다. 차들이 달리기 시작했지만, 동네는 헤드폰을 덮어쓴 듯 조용하고 한적했다. 마음으로부터 일어난 변화였다.

그때, 아무도 기다리고 있지 않은 정류장에 버스 한 대가 멈춰 섰다. 십 미터쯤 떨어진 곳이었다. 문이 열리자 일찍 퇴근한 아내가 버스에서 내렸다. 차로 출근한다는 이야기를 들은 기억이 났지만, 그런 건 이제 중요하지 않았다.

내리기 전부터 나를 알아본 듯, 아내는 곧장 내 쪽으로 손을 들어 보였다. 나도 마주 손을 흔들었다. 내 표정이 또 무너졌는지, 나를 보는 아내의 얼굴에 대여섯 가지 표정이 빠르게 지나갔다. 너무 많은 정보를 눌러 담은 전광판처럼 순식간에 바뀌는 표정이었지만, 나는 거기에 담겨 있는 이야기 전부를 빠뜨리지 않고 읽어낼 수 있었다.

문자로 치면 불과 대여섯 개의 글자에 불과했지만, 그 안에는 수십 년에 이르는 시간과, 그동안 겪은 수많은 일들과, 우리 두 사람이 서 있던 방향, 기약할 수는 없어도 동의는 할 수 있었던 약속, 두 사람의 존재가 각자 생을 마감한 뒤에도 막연하게 이어질 희미한 미래 같은 것들이 다 담겨 있었다. 그런 사람이 거기에 서 있었다. 내가 영영 잃어버린 사람. 이미 한 번 이별했지만 이제 정말로 영원히 사라진 존재.

'그게 바로 이 사람이었구나!'

슬픔의 이름이 정해졌다. 메시지 발신인의 정체도 함께였다. 유가족이라는 자막에 불같이 화내던 사람, 두 번째 스토리 생성자 프로젝트의 개발책임자, 흠잡을 데 없이 완전한 세계에 잠재한 날카로운 불화의 플롯. 그 사람이 생각이 났다. 이름은 끝내 떠오르지 않았다. 그 사람의 이름도, 관계의 이름도. 하지만 그

배명훈

런 건 아무래도 상관없었다. 숨결을 기억해 냈다면.

그런 아내가 나를 바라보고 서 있었다. 그제야 나는, 줄곧 아내로 지칭되던 그 사람이 나에게 어떤 존재인지 알 것 같았다. 저쪽 세계에 남기고 온 나의 모든 것이었다.

"안녕."

아내가 말했다. 무너진 표정을 추스르며, 나도 안녕이라고 대답했다. 안녕이라고 대답했다고 서술되었다. 그러면서 또 깨달았다.

'이 이야기에서 말을 할 수 있는 건 이 사람밖에 없었구나. 나는 안녕이라는 말조차 소리 내서 할 수 없었어. 어쩌면 이 이야기는 처음부터 이 사람에 관한 이야기였을지도 몰라.'

아내가 내 쪽으로 성큼 다가왔다. 아내는 내 슬픔에 대해 아무것도 묻지 않았다. 누구보다 깊이 오래 알고 지낸 사람, 내 세계 전체에서 유일하게 목소리를 지닌 캐릭터. 아내가 목소리를 지닌 건 꼭 해야 할 말이 있어서일 것이다. 나는 그 말이 무엇인지 알 것 같았다. 이제 내가 직접 그 이야기를 들을 차례였다.

알람이 울리면

두 번째 스토리 생성자에게는 그런 게 중요했다. 수취인에게 전해야 할 것을 확실하게 전하는 것. 비록 그게 지독한 슬픔일지라도.

아내가 나를 끌어안았다. 그리고는 등을 토닥토닥 두드리며 오른쪽 어깨쯤에서 이렇게 속삭였다.

"나는 행복하게 잘 살았어."

그 사람이 남긴 마지막 메시지가 우주를 건너, 혹은 나무의 나이만큼 오랜 시간을 넘어, 긴 잠에 빠진 나에게로 전해졌다.

"당신도 잘 살아, 어떤 세상에서 깨어나든. 그리고 잘 자, 부디."

첫 번째 스토리 생성자가 그 순간을 두텁게 묘사했다. 눈이 내리는 버스 정류장 앞, 크리스마스 시즌이었다. 아내가 만든 두 번째 스토리 생성자가 묵묵히 그 모습을 바라보고 있었다. SF 플롯 본연의 임무였다.

배명훈

작가 소개

듀나

1990년대 초, 온라인 PC통신 서비스 하이텔의 과학소설동호회에 짧은 단편들을 올리면서 활동을 시작했다. SF 소설가로서 통신망 시절의 아마추어리즘과 지금의 장르 작가들 사이의 교량 역할을 했다. SF 작업과 별도로 영화 칼럼을 쓰고 있다. 1994년에 공동단편집 《사이버펑크》에 몇몇 하이텔 단편이 실렸고, 이후 작품집 《나비전쟁》, 《면세구역》, 《태평양 횡단특급》, 《대리전》, 《용의 이》, 《브로콜리 평원의 혈투》, 《아직은 신이 아니야》를 발표하면서 활발한 활동을 이어오고 있다. '듀나'라는 필명은 잡지 《이매진》에 단편을 연재할 때 편집자가 선택한 하이텔 아이디가 굳어진 것이며, 당사자의 의견은 거의 반영되어 있지 않다.

배명훈

2005년에 SF 소설가로 데뷔했다. 세계를 해석하고 담아내는 도구로 SF를 꾸준히 연마하다가 2009년 첫 단행본 《타워》의 출간을 계기로 문단에도 소개되었다. SF가 널리 받아들여지지 않던 시절부터 문학잡지에 우주전쟁 이야기를 발표하며 꾸준히 활동해 왔다. 《첫숨》, 《고고심령학자》, 《빙글빙글 우주군》 등 일곱 편의 장편소설과 《예술과 중력가속도》, 《안녕, 인공존재!》 등 다수의 소설집을 포함하여 스무 권의 단행본을 출간했다. 2021년에는 《타워》가 영국에서 번역, 출간되었다. 세계, 전쟁, 인간 존재, 서술자를 통해 현실이 재현되는 방식 등의 주제를 오랫동안 다루었고, 따뜻하고 재치 있는 문체로 삶의 다양한 측면을 SF의 플롯 안에 포착해 낸다.

심너울

심리학을 전공했다. 단편집 《나는 절대 저렇게 추하게 늙지 말아야지》, 《맹스 갓 잇츠 프라이데이》, 에세이집 《오늘은 또 무슨 헛소리를 써볼까》를 출간했다.

정지돈

2013년 등단했다. 2015년에 젊은작가상 대상을, 2016년에 문지문학상을 수상했다. 2018년 베니스 건축 비엔날레 한국관 작가로 참여했다. 낸 책으로는《내가 싸우듯이》,《우리는 다른 사람들의 기억에서 살 것이다》,《농담을 싫어하는 사람들》,《문학의 기쁨》(공저),《작은 겁쟁이 겁쟁이 새로운 파티》,《야간 경비원의 일기》,《영화와 시》가 있다.

조예은

제2회 황금가지 타임리프 공모전에서〈오버랩 나이프, 나이프〉로 우수상을, 제4회 교보문고 스토리 공모전에서〈시프트〉로 대상을 수상했다. 장편소설《뉴서울파크 젤리장수 대학살》,《스노볼 드라이브》, 소설집《칵테일, 러브, 좀비》가 있다.

김희천

주로 영상을 통해 기술이 세상을 작동시키는 방식을 탐구한다. 세상을 읽는 도구로서 기술과 우리가 경험하는 세계의 관계, 즉 기술적 발전에 기반하여 우리가 시공간적으로 세계를 지각하는 방식이 변화하는 양상에 관심을 갖고 있다. 아트선재센터, 두산갤러리 등에서 개인전을 개최했으며, 부산비엔날레, 광주비엔날레, 국립현대미술관 등에서 단체전에 참여했다.

람한

디지털 페인팅을 주요 매체로 사용하며 지금과 예전의 팝/서브컬처와 미디어에 주입된 체험적 판타지를 그린다. 대중매체 안에서 복제되고 열화되어 진위가 모호한 유사 기억을 잘라 붙여 왜곡된 제3의 장면을 소환하고 그것을 수용자의 체험으로 치환시키는 것에 관심이 있다. 부산비엔날레, 서울시립미술관, 시청각 등에서 단체전에 참여했다.

롬버스

음악인, 보이스 퍼포머, 프리랜서로 활동하며 주로 음악, 영상, 퍼포먼스를 통해
존재의 조건을 사유하고 세상과 소통하려 한다. 컨템포러리-월드뮤직 트리오
AASSA(Afro Asian SSound Act)의 메인보컬로 활동했으며, 현재 퍼포먼스 프로
젝트 PLPL(PLOTPLAN)의 기획자이자 연출가, 음악감독으로 활동 중이다.

양아치

세계의 형태와 구조에 대한 탐구를 통해 사회적 문제를 제시하는 작업을 수행한
다. 음악, 무용, 건축, 문학 등 다양한 분야의 전문가와 협업해 미디어의 영역을
실험하고 확장해왔다. 국립현대미술관, 서울시립미술관, 서울시립 미디어시티
비엔날레 등 유수의 미술 기관에서 전시했으며, 2010년에 아뜰리에 에르메스
재단 미술상을 수상했다.

장서영

신체적 감각과 시공간이 맺는 관계, 그중에서도 통증이나 질병, 노화에 의해 늘
어나고 줄어드는 신축성 있는 시간과, 신체의 속도와 위치에 따라 변하는 유동
적인 공간에 주목한다. 영상과 영상, 또는 영상과 입체물이 공간 안에서 유기적
이고 총체적인 하나의 경험으로 연결되는 것을 지향한다. 두산갤러리(서울, 뉴
욕)에서 개인전을 개최했으며, 국립현대미술관(과천), 서울시립미술관, 아르코
미술관 등에서 단체전에 참여했다.

장종완

회화를 주요 매체로 하여 현대 인류의 불안을 따뜻하지만 냉소적인 시선으로 묘
사한다. 그의 회화에서는 이기적인 합리성을 주장하는 인간 중심 사회에 대한
유머러스한 비판이 고전적인 방식으로 표현된다. 아라리오뮤지엄 인 스페이스,
아라리오 갤러리, 금호미술관 등에서 개인전을 개최했으며, 서울시립 북서울미
술관, 부산현대미술관, 국립현대미술관(청주) 등에서 단체전에 참여했다.

최윤

공공장소나 대중매체에서 사회적 풍토를 조성하는 장면을 포착하고, 이를 엮어서 영상, 설치, 퍼포먼스로 보여준다. 한국 사회의 상투적이고 관습적인 이미지, 구절, 행동 양식에 관심을 갖고 이들이 내포하는 신념과 판타지를 조명한다. 두산갤러리(서울, 뉴욕), 아트선재센터 프로젝트 스페이스에서 개인전을 개최했으며, 국립아시아문화전당, 부산비엔날레, 서울시립미술관 등에서 단체전에 참여했다.

수록 작품 리스트

람한, 〈베껴 그린 이야기〉, 2021, 디지털 페인팅, 300×300cm. / 표지 작품

김희천, 〈멈블〉, 2017, 단채널 영상, 컬러, 사운드, 25분.

롬버스, 〈우호적인 자장가〉 2021, 사운드 레코딩, 미디사운드, 15분.

양아치, 〈태양계 太陽系〉, 2021, 스크린, 사운드, 가변 크기.

장서영, 〈세계의 껍질 우주의 뼈〉, 2021, 단채널 영상, 컬러, 사운드, 15분 13초.

장종완, 〈분홍손〉, 2018, 린넨에 유화, 130.5×194cm.

최윤, 〈둠즈데이 비디오〉, 2020, 단채널 영상, 컬러, 사운드, 14분 43초.

작가 소개

세 개의 달: SF2021 판타지 오디세이

1판 1쇄 찍음 2021년 6월 16일
1판 1쇄 펴냄 2021년 7월 5일

지은이 듀나, 심너울, 정지돈, 조예은, 배명훈
펴낸이 안지미
편집 권정현
디자인 안지미, 윤선호
제작처 공간

펴낸곳 (주)알마
출판등록 2006년 6월 22일 제2013-000266호
주소 04056 서울시 마포구 신촌로4길 5-13, 3층
전화 02.324.3800 판매 02.324.2846 편집
전송 02.324.1144

전자우편 alma@almabook.com
페이스북 /almabooks
트위터 @alma_books
인스타그램 @alma_books

ISBN 979-11-5992-338-8 03810

이 책은 서울시립 북서울미술관 기획전시 〈SF2021: 판타지 오디세이〉와 연계하여
만들어졌습니다. 이 책의 내용을 이용하려면 반드시 저작권자와 알마 출판사의
동의를 받아야 합니다.

알마는 아이쿱생협과 더불어 협동조합의 가치를 실천하는 출판사입니다.

종이 표지_인사이즈 모딜리아니 캔디도 120g/㎡ 본문_그린라이트 80g/㎡ 별지_아르떼 105g/㎡